木橋

永山則夫

kawade bunko

河出書房新社

目次

木橋　七
土堤　九三
なぜか、アバシリ　一七五
解説　佐木隆三　二〇三

木橋

木橋

一

町には北へくだる川が流れていた。町は、その川沿いの片側に面し、北へ向かう道路と南へ向かう道路とを挟むように、町の中心となる家並みをもっていた。その道路はコンクリートを敷いていたが、北と南の両隣りの町へ向かうまでには同じように道々にところどころ亀裂を表出し、その裂け目を風化させていた。この町に近づくほどに、亀裂の多い、貧しいコンクリート道路であった。

この県道は、南へくだると県下の二大都市を結ぶ国道に中間点で接続していた。その国道は、アスファルト舗装されていた。自転車で大城下町へ向かう人々は、この国道に入ると走行がはかどるので、一安心した。この県道と国道を結ぶ交差点から、さらに南へ七、八里ほどくだると、北国の二大学園都市の一つの城下町弘前《ひろさき》の中心街に入る。この城下町には、平野からすっかり雪が消える五月になると、人々の大洪水となって、賑やかさを競う全国的に知られた桜祭りがあった。

川はこの城下町の方向からくだってくる。この川の流れる一帯は林檎で有名な平野であった。

町はほとんどが農家であり、米作りと林檎作りを主とし、どちらかというと林檎作りの収入が大部分を占めるものであった。

秋に入るやいなや、黄金色に眩《まぶ》しい稲穂も、樹林の枝々にたわわに実る紅々とした林檎も、待つ日が長すぎたかのように収穫される。

町の中心地は、南北に延びるそのコンクリート県道沿いにある表町と仲町を分け、東西のコンクリート町道を、その接点で、大町と川端町に分ける十字路沿い付近にあった。

商店街としては、仲町と大町が栄えていた。その十字路を町では、「四つ角」といっていた。四つ角から大町方面に二十メートル行くか行かない間に、スーパーマーケット、衣服店、郵便局、書店、電気器具兼レコード店、オモチャ屋、下駄屋、タクシー営業所、などが道路を挟んで並んでいた。仲町方面へ百メートル行く間に、パチンコ店、洋品店、カメラ店、食堂、銀行三店、薬局店、湯屋、そして酒造店、などがあった。この仲町通りに、

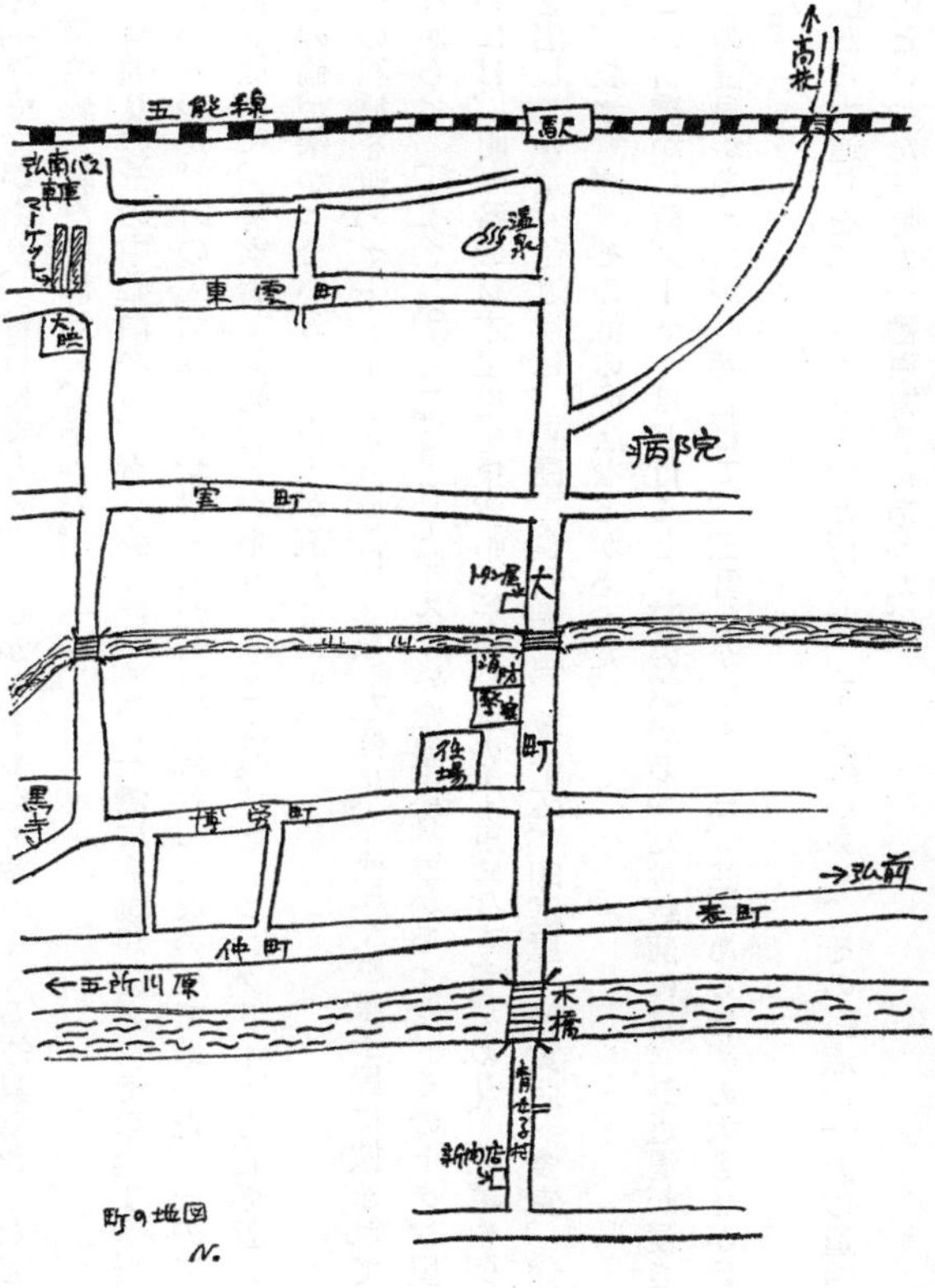
五能線
駅
高校
弘南バス車庫
マーケット
温泉
東雲町
大映
病院
室町
トタン屋
大町
消防
警察
役場
博労町
→弘前
春町
仲町
←五所川原
木橋
青女子村
新油店
町の地図
N.

通称「赤寺」があり、縁日になると、どこからともなくやってくる香具師《やし》たちなどの店屋が、道路脇に軒を連ねるのであった。

大町通りのその中心街から、もう少し行くと、左側に広場が見え、その奥まった所に町役場があった。町の生活保護を受ける人たちには忘れられない所であった。その道路沿いの隣り並びに、警察署と消防署とがあり、そこを越すと、コンクリートと石の五メートルほどの橋が架かっている下を小川が流れていた。

その石橋を渡って十メートルほど行くと、左側に、床屋や駄菓子屋に挟まれて、町の人々からは、「トタン屋」と呼ばれて栄えていた屋根葺《ふき》屋があった。そのトタン屋の真向かいには、町一番の材木工場を東雲町《しののめちょう》に営む家の小奇麗な本宅があり、煙草や御茶の小店を出していた。付近には、畳屋、食料品店、菓子店、印鑑屋、雑貨店、食堂、洋裁縫店、病院、製氷倉庫、その他の商店などがあった。

この石橋から百メートルほど行くと、町の駅があった。駅前には、最近湯が湧き出たばかりの温泉があったが、商店は二、三軒しかなく、三、四棟ある倉庫の大きさが目立っていた。

駅から大通りを二十メートルほど行くと、T字路があり、その接点の一方の道沿いを東雲町といった。町の一番東寄りにあった。

駅はローカル線の駅で、短いプラットホームを越えた向こうがわには田畑が広がっていた。その田畑に包まれるように、町に唯一つある県立高校の校舎とグランドがホームに立つ人たちの目に入っていた。

遠くに美しい山々が見える平野がそこから眺望《ちょうぼう》できた。また、その平野を見おろすように山脈があり、駅の方向から見える日毎《ひごと》の朝日は、昔軍隊の訓練中に多数の兵士が遭難して死亡したと言い伝えられているその山脈から空に昇るのだ。

町の中心の四つ角を、駅へ向かう道とは反対に五十メートルほど行くと、その先にこの平野を流れる川に架かる三十メートルほどの木橋があった。

この木橋を越えると、城下町の中心街から十里余離れながらも、その市に編入されている青女子《あおなご》という村があった。

その木橋の上から遠望すると、ある日は大きくあるときは小さく見えて人々の心を把《とら》える休火山がぽつねんと林檎の平野を見おろしていた。山は富士山に似ていると言われ、その実名よりも地名の下に〝富士〟が付いて俗称され親しまれていた。山の高さは千数百メートルほどだが、周りの山脈がその半分以下の高さしかないので、山裾が美しく流れていた。この山陰に陽は沈む。

木橋は、平野の中央をうねうねと流れて日本海に注《そそ》ぐ川に股がり、城下町のある市とこの町との境界ともなっていた。

N少年の配達する地方新聞と、常勝プロ野球チームを有する全国紙の販売支店を兼ね、農業も営む新聞店は、町からこの木橋を渡り、五十メートルほど行くとあるT字路の少し前の右側にあった。木橋を渡ると砂利道であった。

少年たちは、この村の近くから横綱若乃花が出たことを誇りにしていた。そして平野の人々は相撲を盛んにしていた。

秋。この川は、夏の浅さを忘れさせてしまう。子供たちの川遊びをした短い日々を埋めるかのように、川は水位を増し、太く深くなり、夏の青さを忘れて濁流となる。やや長い木橋の意味がわかる川に変わるのだ。

そして、台風にともなう豪雨が平野に降りつづくと、洪水になった。洪水になると、旧い木橋は危なげに軋《きし》めいて水とたたかう。

N少年にとってその時の洪水は、それまでとは異なる体験をさせた。

町の大人たちにとっても、それまでになく大声で叫び合い、慌《あわ》てる態度から、例年にないものであるようだった。

二

N少年は、三番目の兄が東京へ集団就職で行く以前、小学校四年生頃から手伝い始めた新聞配達を、五年生の夏頃にはほとんど一人立ちして配達できるようになっていた。六年生になろうとする春に、三番目の兄は上京して行った。それから以降、この兄も便りをほとんど寄こさなかった。N少年は、当初三番目の兄にはもっと一緒にいて欲しかった。

その兄が、新聞店のオヤジに頼み込んだことから、中学生でなければ配達できないところを、N少年は小学校六年生から本格的に月々千二百円の給料を貰い配達しだした。それまでは兄の手伝いをしても、兄は陸上競技で貰ってきた参加メダルとかを、その代償としてくれることで、まったく金をくれなかった。兄は自分の衣類や趣味の切手集めやカメラなどのために金を使い、N少年にはそれを与えるだけでいいと思っていたようだった。兄が、町内の野球や山登りをする時や、学校の陸上競技大会などで遠征する折には、N少年が兄の代わりに夕刊の配達をした。兄はマラソンランナーで速かった。兄は他の同年代の少年たちとN少年とを遊ばせなかった。いつもいじめられていたN少年は、一人遊びに馴れていた。

その三番目の兄の直ぐ上に、二番目の兄がいた。この二番目の兄こそN少年に暴力とは何かを身体でわからせるリンチを加え、二十数回におよぶ家出をさせた張本人であった。この二番目の兄が就職のため東京へ出た時には、天にも昇るように救われる思いがした。

しかし、三番目の兄は、暴力をたまにしか振わなかったものの、口で罵《のの》しる扱いをし、N少年に「ノッチ、ノッチ」「サボリマン」「ションベンタレ」「キチガイ」とかの言葉を投げつけ、劣等感をつのらせた。

二人の兄たちは優等生と言われていた。N少年は学校を「サボリマン」するため、劣等生だった。

町の人たちは、N少年がその新聞店の配達少年となることによって、兄弟三代つづいたことを噂にしたときもあった。

三番目の兄が、N少年に〝バトンタッチ〟する時、新聞店のオヤジは、N少年が小学校三年生のころ度重なる家出をし、その家出も二番目の兄が上京することによって止もうとしていた頃に、駅の売店から漫画本を盗んだことを強く言い、N少年の採用を断わってきたが、兄が強引に頼み込み、N少年も兄たちのように映画をタダで見られる〝パス券〟と称されていたもの欲しさに、一心に小さな頭を下げて頼み、本雇いにしてもらったのだった。

その時、新聞店のオヤジは、N少年に、「もッ、ガメねな」と言った。もう盗みをしないな――と約束させたのであった。以来、このオヤジをN少年は嫌いになった。少年の治りかけていた傷口を再びこじあけたからだ。

N少年が本雇いにしてもらった頃、町には、三つの映画館があった。N少年たちの住むマーケット長屋の経営者であり、町の顔役といわれていた人が経営する大映館、木橋の近くにある川端町の東映館、そして小学校近くにある日活館が、その三館であった。しかし、日活館は間もなく火事で焼けて消失した。――後年になるが、N少年がこの町から逃げるように集団就職列車で上京した頃には、東映館もタバコの不始末とかで焼失していた。そしてその頃のこの町には、大映館と同じ経営者が本宅の脇の倉庫を改造して開館したほとんど洋画を上映する小館が出来て、二館があるのみだった。この洋画小館は、駅前温泉の真向かいの小路を入った所にあった。

N少年にとっては、当時、映画をタダで見られる〝パス券〟が、憧れの的であった。

それはなぜかというと、学校で推薦する映画を指をくわえて見過ごすことから、N少年を解き放つものであったからだ。そして、一度、町では悪童と見なされていた上級生や同級の遊び友だちが、親の金で先に入館し、入口の所でN少年と話すふりをして入場させ、その時、N少年が走って入場したため、館員が場内まで追って来てN少年を捕まえ、経営主の弟らに物凄く叱られたことからも、忘れさせてくれるものと思えた。

そしてなによりも、テレビのある家へ行き、厭味《いやみ》を言われながら、見せてもらい、わずか三十分ぐらいで追い出されることごとからも、N少年は「さよなら」できると思えた。

N少年の住む長屋は、この町の人々からは、「マーケット」と呼ばれて嫌われる所であった。付近の少年たちと悪口合戦する時などには、必ず仕舞いに「マーケットぇ、この！」と負け惜しみ口をたたかれていた。「特殊飲食店」が多い所で、大人たちも酔った上でよく喧嘩をしていた。

このマーケット長屋内でも、テレビのある家は、その頃、数軒であった。そしてある家はそれがない家を差別の眼で見ていた。

N少年は、二、三の日本人のテレビのある家々からは家出癖や盗み癖があるということから、テレビを見せてもらいに行った最初から断わりを受け、出入りさえも禁じられたかたちであった。それが当然だといった風だった。それで、長屋の朝鮮人のうちで一軒だけテレビを持っている家に行き、人気番組のある時間の三十分ぐらいを見せてもらっていた。

その頃、この朝鮮人の家の息子は、N少年よりも五歳年下であったが、人気番組の主人公が丁度危機を迎え撃とうとする場面になると、突然チャンネルを替えて、数字がいっぱい出てきてチンプンカンプンな番組に画面を移し、N少年を悔《くや》しがらせた。この息子の母親は、それを見て直ぐ「コーちゃん、やめなさい」と笑いながら叱って元に戻させた。しかし、母親が笑っているうちに元に戻さないと、本気で「コウシュウ！」と言って怒り出した。息子は泣き出し、その場の雰囲気は気不味《きまず》くなるなかで、N少年はその家を仕方なしにあとにする日々もあった。あるいは、その息子の同級生やその兄が残っているのに、その母親に促されてN少年だけが三十分で打ち切られて帰る日々もあった。それらの悔しかった思いが、その〝パス券〟によってN少年から消えてゆくのだ。N少年はうれしさいっぱいであった。

三

N少年にとっては、その時の洪水の凄さは初めて目にするものであった。

N少年が小学五年生の夏ころから一人で配達するようになり、この町と市を結ぶ木橋を行き来して通うようになってから、三年目に入っていた。N少年が中学一年生になるまでの三年の間には、その時の心持ではどうすることもできない事件が幾つもあった。

その洪水の日の朝刊の配達の行き来の時には、警官が木橋のこちらと向こう端に一人ずついたが、止められることもなく渡り、そして町に戻って新聞を配達していた。その時、増水が目立っていた。

だが、夕刊を配達するために木橋を渡ろうとしてそこへ行くと、人だかりが激しくなっていて、大人たちが木橋の両端にそれぞれ心配顔で集まっているのがわかった。そして、木橋の両端には、警官の手でロープが張られ、道路の真ん中のロープの下に「通行禁止」の木札がぶらさがって揺れていた。

こちらの端から見ると、向こうの川岸の家屋の低いものは増水した水の上に浮かんでいるようであった。よく見ると、家屋は流れてはいないことがわかった。濁流がそれらの家屋を静かに包んでいるのだった。

川岸の堤防は、もうすでにすれすれの増水のためところどころ切れそうに見えたが、そこには土俵などが積まれていた。さらに警官や消防団員、そして青年団員たちが、土俵などを積み急いでいた。

「橋、大丈夫だべが」と、老人たちが自分のことのように心配顔で話し込んでいた。

増水はつづいていた。

昨夜までの豪雨は降り止んで朝を迎えた。だが、その後に増水はつづき、午後には洪水となっていた。

橋桁の所では濁流が渦巻き、不気味な音をたてて人々に不安を与えていた。人々の増水への心配も増していた。

一人の大人が、「見へっ！　大っき、丸太が、来っつォー！」と叫んだ。周囲の人々もそれにつられてざわついた。

五メートル余の長さがある丸太の流木が、急流の中に上半分を浮かせながら勢いあるもののように木橋に刺さってきた。丸太が橋桁に当たった。そこに大きな渦が巻いた。

二、三人の消防団員たちが、その流木の当たっている所に急いで走り寄り、めいめいが鳶口《とびぐち》付きの長い棹《さお》を用いてその流木を下流に流す作業をし出した。

真剣な大人たちの顔つきが子供たちに恐ろしさを与えた。

幾回かの失敗と掛け声の叫びが響くなかで、彼らはその丸太の流木を下流に押し放し、木橋から離すことで人々の心配も救った。

見ていた人々は、歓声をあげた。

木橋は旧いものだった。前々から今度大きな洪水があれば落ちるという心配の声があり、それは子供たちの間にも聞こえていた。だから、この洪水を見ている子供たちには、そのことから大人よりも怖さがあった。

N少年は、橋向こうにある新聞店へ行かせてもらえない現実の前に、途方にくれて見ているしかなかった。新聞配達はどうなるのかが心配になって仕方がなかった。しかし、木橋を渡ることを消防団員たちは禁止しており、まして少年が橋を渡ることなどは問題外の風情《ふぜい》であった。少年には初めて体験することであった。少年の胸がドキドキしだした。

橋向こうの岸口は橋桁の分だけ他よりも高いものになっていたが、そこから直ぐ下り坂となり、二十メートルほど行った所から上り坂となってT字路までつづいていた。橋向こうの村落はそのT字路を中心にあったが、周りが林檎の樹林のためか、水に浮いて見えた。川の両岸一帯は林檎園であった。秋が深かったので林檎は収穫されていた。これは不幸中の幸いであった。川岸の付近の林檎の樹林は、一番高そうな木の枝々だけが時折見えて浮かぶのみで、ほとんど洪水に隠れていた。

向こう岸の低い家屋はすでに床下浸水したのか、屋根に畳などをあげる作業をしている姿が見える。

いつもは午後三時すぎになると、新聞配達の少年たちがこの木橋を行き来するが、この日も、二人、三人、五人、六人と集まって来ていた。少年たちは、みな仲間の顔を見合って安心し、笑顔を見せていた。しかし、再び彼らは渡れぬ木橋を見ては不安な顔々に戻っていった。

こうしてその少年たちは、そこで三十分以上も木橋に当たる濁流を見て過ごした。

付近の子供たち、そして大人たちも、集まって来ては不安顔で目をいっぱい見開いてい

23　木　橋

た。

「おっーい、新聞配達の子供たち！」と叫びながら、木橋とは反対の方向から自転車に乗って急いで来る男の人がいた。

その自転車が近づくと、その人は集金係をしたり、いつも駅から橋の向こうの新聞店へ梱包された新聞を運んでいる、五十嵐さんであることがわかった。

少年たちは歓んだ。N少年の大きな目も、初めて見る洪水の怖さから救われるようにわらった。

五十嵐さんは、普段みられない大きな声を出し、配達する新聞の区分けは駅ですることを話した。みんなを呼びにきたのだ。五十嵐さんは、木橋の前にいた少年たちが誰々かをメモに書き、まだその時その場所に来ていない少年たちのために、ここに残るといい、少年たちを駅へ向かわせた。

木橋と四つ角の中間にある東映館の自転車置場から、それらの少年たちは二手に別れた。そこから、自転車で来ていた少年たちは自転車に乗って駅へ向かい、徒歩の少年たちはそれぞれ小走りに駅へ向かった。

N少年は、自転車がないので小走り組であった。自転車のない少年は、この新聞店の十数名の少年たちのうち、四、五名しかいなかった。

N少年は、駅へ走った。

四

木橋から駅までは道路としては一本道である。やや曲がっている道のため真っ直ぐに駅を眺めることはできなかったが、ほぼ中間点にある警察署の前からは駅を見ることができた。

警察署の隣りにある消防署には、二台の消防車があった。いつもは一人で見張る火の見櫓《やぐら》に、その日は二人が登っていた。その櫓は高さ二十メートルぐらいあった。

消防署の脇を流れる小川も増水していた。石橋からやや下流の中洲の中にある家屋はすでに床上浸水していた。

N少年は、この警察署の留置場に一度入れられたことがあった。

それは、N少年が小学三年生の頃であった。その時、近所の同じ年頃の子供たちが、わいわい騒ぎながら、ワーワー泣くN少年を追ってついて来たものであった。その中には、同じクラスの女の子もいた。家出が二十回を丁度越えた頃であった。五能線と奥羽本線の交差する駅の売店から漫画本を盗んだことが明らかとなり、家に連れ戻されてからのことだった。

町の〝トタン屋〟といわれていた親戚の家へそこの「おばあちゃん」に呼ばれて行った。いつものガミガミの説教が始まった。そして暫《しば》らくすると、そこに一人の若い警官が来た。柱につかまり泣き叫んでいやがるN少年を、その警官は無理矢理肩の上に担《かつ》ぎ乗せ、連れ出した。

N少年は足をバタバタと振って暴れた。それを見て集まってきた子供たちは、わいわいとはしゃぎたてた。その中をN少年は警察署の正面入口から入っていった。

留置場に着くと、この若い警官は、N少年を思いっきり床に落とした。そして、留置房の一つへN少年を入れ、錠に鍵をかけて行ってしまった。留置場にはN少年以外誰もいなかった。

N少年は、泣き喚きながら、「出してよ、出してよ」と言いつづけた。そしてやがて板床の上に寝てしまった。

夕方近くになると、連れて来た若い警官がその房の前にやってきた。その警官は、同じクラスの土岐フミオの父親だったのだ。

N少年は、その警官が、「どうだ?」と言うので、「ウソつき」と言った。

土岐フミオの父親は、「どうしてウソつきか」と言った。

N少年は、しゃくりあげながら、「ラジオ聞かせてやるといったのに、こんな所に入れたじゃないか」と言うなり、またワーワー泣き出した。

土岐フミオの父親は、「そうか」と言った。そして錠をガチャガチャさせて鍵を開け、N少年に「出なさい」と言った。

土岐フミオの父親は表玄関の所の事務室の大きな机の前に、N少年を連れ出した。そして、「どうしてそう何回も家出するのか」と訊《き》いた。

N少年は、それには答えられず、しゃくりあげをくり返していた。

十分ぐらいした後に、土岐フミオの父親は、N少年を抱き上げて、そしてトタン屋の家にN少年を返すため署を出た。

それからN少年は、トタン屋で小さくなりながら夕飯を食べ、おばあちゃんに連れられてマーケット長屋の家へ戻った。

トタン屋のおばあちゃんがN少年の母親の母であることを知ったのは、上京直前に保証人の件で悶着を起こした時、彼女が保証人になってくれたことからであって、ずい分後のことである。——

おばあちゃんは、当時一番N少年に厳しかった。十数回目あたりの家出から、家出先から連れ戻す折には、列車に乗り降りする際、N少年の腰に細紐を結び付けて連行した。周りの大人たちは、この奇妙な二人連れを無遠慮にジロジロ見るのだった。N少年は恥かしくて死にたい気持になり、俯《うつむ》いて歩くのであった。それがまたN少年をさらに一層愚《ぐ》れさせた。それで、この紐付き連行を止めさせた。

ある家出の帰りの車内で、おばあちゃんは、N少年の右手の小指が大きく膿《う》んでいるのを発見した。そして後日、近くにある外科病院へ一緒に行き、手術してもらってくれた。

その時、眼鏡をかけた医者が、「ヘリコプターに乗せてあげるから」と宥《なだ》めてN少年の腕に注射を何本か打った。その一本が麻酔薬であったことを、手術後、何時間かのちに目覚めたN少年に、おばあちゃんは教えてくれた。小指と腕首のまわりに白い包帯がぐるぐる巻きにされていた。ズキンズキン痛んでいた。

この小指の傷は、夕方、母が魚の行商から帰ってから、そのリヤカーの台木をN少年が洗う時に負い、化膿したものだ。治ってからも、その小指は内側に曲がり爪の根のところが変形し、一見して手術の跡であることがわかった。

以前この病院で、N少年は、左手の人差し指を誤って鉈《なた》で切り、「白い骨が見え、皮一枚でつながっていた」と医者がいう手術を受けていた。その傷は、夕飯後、N少年がいつ

背負っ子姿、N.

カッチャのリヤカー、N.

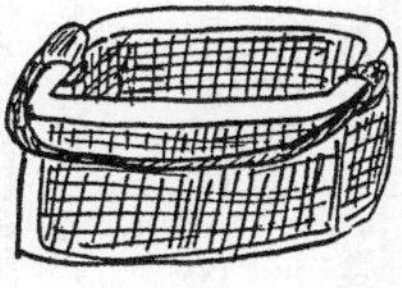

竹カゴ、N.

ものとおり翌日の朝に使う薪《まき》を割っている最中に負ったものだ。その時、その傷を見せに二階へ上がると、二番目の兄も、三番目の兄も本を読んでいて、妹たちは漫画本みたいなものを見ていた。これを見て、N少年は涙を見せずまったく泣きもしない感情を体験した。二番目の兄はリヤカーにN少年を乗せ、この病院へ運んでくれたのだった。

これらの家事の手伝いは、二番目の兄のリンチの延長だった。

N少年が頻繁《ひんぱん》に家出をするようになったのは、二番目の兄のリンチのためであった。小学校二年生の秋、二番目の兄は、三番目の兄たちも含めて、学芸会には行くなと禁じたのだった。

しかし、N少年には、着物がうす汚ないとか鼻汁で袖口が汚れているとかが如何なることなのかの自覚がなく、学芸会をクラスの仲間がやっている小学校の講堂へ見に行った。着飾った子供や大人たちがそれぞれの子供たちの劇などを見物していた。N少年は、それを講堂の後ろがわの窓の外から見ていた。

後日、このことが町の噂となった。二番目の兄はこれを聞きつけ、N少年を猛烈に怒り、殴る蹴るの暴力を振った。さらに新たに聞きつけてくる度毎《たびごと》に憤り、一週間というもの、N少年に鼻血の流さない日はなかった。そして、その間、食事らしい食事をさせてもらえなかった。彼らが家にいない時に、N少年は釜底の「コビ」を食った。以降、二番目の兄がこの家にいる間は、N少年の頭からタンコブが消える日がなかった。

母は、朝早くから青森へリンゴ一箱分を背負って魚を買いに行き、昼前に町へ戻って来てからそれを行商で売り歩いていた。子供たちの前に母は夜しかいなかった。

夕方、母が帰ってくると、N少年が毎日のように泣いているのを見て、「ホレッ、まだ泣いでるじゃ！」と怒鳴るだけであった。なぜ泣いているのか理由さえ聞いてくれなかった。

そのような秋のある夜、腹を空かせながら兄のリンチから逃がれたN少年は、駅構内の屋根のある荷物置き場の暖かそうな所に寝ていた。すると、そこへ丸通の見張りの人が来て、N少年のいることに怒り、大声で追い出し追っかけてきた。N少年は夢中で逃げた。その人が二番目の兄に思えたのだ。逃げるなかで、N少年は線路に出て、その上を一生懸命走った。町からずい分離れたものだ。

N少年は、そのまま次の人の誰もいない駅までずっと走って行った。そしてそこの待合室で休んだ。

秋の冷たい雨が降ってきた。N少年は寒さで震えていた。そこへ夜行列車が暖かい湯気をふかふかさせてやってきた。車内には人があまりいなかった。そこはとても暖かそうであった。N少年はその汽車に乗った。

N少年は、唯一人優しかった「セツ姉さん」の処へ行こうと思いついた。そこしか行く所がなかったのだ。

セツ姉さんは北海道の海が氷る町にいた。——その記憶しか、N少年にはなかったのである。とにかく、N少年はセツ姉さんの処へ行こうとした。海が氷る港町にいるというだけで、どこにどうしているなどは、家族も言わなかったので知り得なかった。N少年がセツ姉さんのことを話すと、兄たちは厭な顔をした。

N少年は、四年ほど前に、その海が氷る港町からこの町に移って来たのであった。セツ姉さんを訪ねるための初めての家出は、青森から連絡船に乗り、北海道に渡った。そして函館から汽車に乗り、「モリ」という駅で鉄道公安官に引き渡されてしまった。

その時の発見者は、若い夫婦であった。N少年は、その大人たちの占める席の真ん中へ行き、列車の窓に両手をかけて外ばかり見て立っていた。大人たちがどこから来てどこへ行くのかなどを聞いても、「アバシリ」とだけ答えた。その対席にいた若い夫婦は、鼻をかませてくれ、チリ紙をポケットに入れてくれ、そして、N少年が初めて口にする「ヨウカン」をくれた。N少年はそれを無心に食べた。そこへ車掌がきてN少年は保護されたのだ。

あの残りの「ヨウカン」はどうしたのか――今でも時々思い出すことがあった。

N少年は、その家出先から連れ戻された。トタン屋のおばあちゃんが、青森の児童相談所に迎えにきていた。母は行商で忙しかったため来なかった。それ以降の家出先からの引き取りにもまったく来なかった。

マーケットの家に帰ると、次の日からN少年には激しい手伝い働きと、二番目の兄のリンチが待っていた。

以後そのリンチに耐えることができなくなると、N少年は家出をした。それからの家出では、函館までが最も遠いものであった。途中、大人たちは、食べ物や小金をN少年に与え親切にしてくれた。家よりも気が楽だった。それ以上北へは行けず、ほとんど弘前と青森の駅構内で保護された。弘前へは乗るべき汽車を間違えてのものだった。それは、当時、N少年は長い列車がすべて青森へ行くものだと思っていたことからであった。

いつも連れ戻しはトタン屋のおばあちゃんであった。その頃、N少年には、兄のリンチの待つマーケットの家のことを思い、このガミガミ叱るおばあちゃんを恐ろしい人としか思えなかった。

五

駅に着くと、新聞店のオヤジがその大柄な身体をぶりぶりさせて、新聞の区分けの仕事に汗をながしていた。

駅頭のセメントの路上で、包装紙を解き、各区ごとの新聞部数を算《かぞ》えた上で、各区の配達少年たちに渡すのであった。

N少年も、自分の配達部数を算える。片手で扇状にし、もう片手で二部ずつ算える。オヤジらはそれを五部ずつ大きな手で算えていた。三回算えて部数が合っていることを確認する。そうして他の少年たちも各配達区域に散って行った。

その前に、新聞店のオヤジは、明日の朝刊もこの駅前で区分けするということを、大きな声で少年たちに話した。

N少年は、配達区域に向かった。駅からマーケット長屋まで百メートルもなかった。そのマーケットは東雲町の中間に位置しており、マーケット前から東雲町の通りを五十メートル行かないうちに、N少年の配達し始めの旅館が一角にある学校通りの四つ角があった。N少年は、兄たちの代からの小学校付近と常磐町一帯を受け持っていた。

配達始めの旅館は、この町に三軒ある旅館の一つで、歌手の実演を大映館などで行なう日には、その関係者の宿泊先になっていた。

その次には、やたら大きな家とか塀の長い家、布団店、呉服店、N少年がよく麦を買いに行く米屋、文房具店、電気器具店、理髪店、湯屋、菓子店、呉服店、洋服テーラー店、駄菓子店、そして、小学校の職員室、校長宅、縄製造業の朝鮮人宅、うるし屋と呼ばれている職人の家、あと大きな家二、三軒、先生たちの住宅、材木店、貸本屋、雑貨店、菓子店、そして、踏み切りを越えると、和菓子製造の同級生の店、豆腐屋、あとは大小の農家の家々や、金物店、理髪店、菓子屋と雑貨屋を兼ねた家、などなどがあった。都合百三十軒ほどの配達部数であった。

N少年は、中学校に通学するようになってから関係がなくなったが、小学校六年生時に小学校の職員室に配達する折、学校を「ズル休み」した上で配達した時などには、一つの冒険をする気持になった。それは、正面玄関の脇にある職員室側の大きな靴箱の上から頭が出ないように走り寄り、その靴箱の上に新聞を置いてくることであった。

いつぞや他のクラスの若い男の厳しい先生が、N少年がそうしてコソコソと近づくと、その後ろから、「君は学校を休んで新聞配達するのか」と大きな声で言ったことがある。が、N少年は後ずさりし、何も答えず、次の校長宅まで走り去ったことがあった。

小学校時代は、よく服装の汚なさから差別された。

六年生時に、学校給食が全生徒に実施された。ある日、少年は給食の当番となったが、配った食べ物には一切手を付けていないのに、食わない女の子がいた。

またの日、きかん坊の同級生に、N少年は、「オメ、タダで給食くってんのけ」と言われた。

学校に何らかの金を持って行く日は、その金を持っていけない貧しさに、N少年は恥かしい思いを味わった。家での惨めな思いもあり、N少年は歪んだ心を悶々とさせていた。

そんなある日、何で足を曲げて傾《かし》いで歩くのかがわからず、講堂前の廊下で、三級下の女の子の歩き方をN少年は後ろから真似をして歩いた。すると、かの若い男の厳しい先生は、そのN少年のまた後ろからゴツンと一発ゲンコツで頭の頂きを殴った。そしてN少年を叱って注意した。「小児マヒという病気」のためであると知らされた。「病気」と聞いて、N少年は惨めになった。しかし、N少年には、自分がいじめられている時には黙って見ている先生が、いじめ返したらゲンコツをすることに不満を持つことしかできなかった。

そして、そんなN少年の心の歪みを治してくれる先生が一人だに現われないままに、それらの不満を重ねて「ズル休み」をすることが頻繁になったのだ。

中学校は、小学校との間にグランドを置いて、丁度、対面方向にあったが、そこは新聞配達の区域が違うので新聞配達中に行くことはなかった。しかし、中学校の先生の住宅にはところどころ配達していた。

N少年は、中学校へ入学してから皆と同じように燃える思いで学校に通っていた。しかし、春の運動会以後、再び「ズル休み」が多くなっていった。

その日、昼食前に、全校生徒参加の往復約四キロメートルのマラソン競技が行なわれた。N少年には初めての体験であった。

スタートのピストルの音とともに一斉に参加の生徒は走った。N少年は、新聞配達仲間の二年生の後ろを追うように走った。そうして走っていると、いつの間にかトップグループの五、六人の三、二年生の中にいた。その上級生たちと一緒に走れているだけで、N少年はとても嬉しかった。新聞仲間の二年生がN少年の前で走るのを止め、腹をおさえていた。それで、N少年は彼を抜く折、「どうしたの？　ガンバレッ！」と言い残して走った。彼はN少年の後ろから走り始めた。N少年の配達区域の常盤町を越え「三千石」にある折り返し点に着いた。その地点で、手のひらに係の先生からスタンプを捺してもらい、不正走者でない証しをもらった。先を走る二、三人は、すべて三年生のようであった。折り返し点へ一年生のほとんどが走って行くのを片側道に見ながら、N少年は返り道を走っていた。もう少しでゴールとわかる踏み切りを越えると、先頭の三年生は猛然と走り出した。N少年もそれにつられて走ったが、どんどん距離をあけられた。グランドに入った。半周してゴールの百メートル手前ころで、先に抜いたはずの新聞配達仲間の二年生は、頭を左右にフリフリN少年を抜いてゴールインした。N少年も十メートル離されたがゴールの白いテープを切った。

N少年は、全校生徒中五位であった。もちろん一年生ではトップであった。近年にないことらしく見物の大人たちの歓声は大きかった。N少年は腹が減っていてそれどころではなかった。一位から三位までは三年生だった。N少年は、六位までの生徒と一緒に三十分ほどの間、最後の走者がゴールするまで、グランドの中の芝生のところで五位を示す旗を持って待っていた。やがて最後の走者が入ってきた。そして賞品を校長や町の顔役のいるテントまで受けに行く段になった。すると、その係の生徒は、四位までしか表彰しないことが決定されたと言って、五位のN少年の前の生徒四名をそのテント前に連れていった。その途中、三年生たちは、「こいつ一年生だぞ。後ろからいつまでもついてきていた」と言って、これを先生たちにもいっていた。N少年と六位の三年生は、顔を見合わせた。その六位の三年生は、唇を嚙みじっとN少年を見ていた。その悔《くや》しさがN少年にもよくわかった。

N少年は、五位の小旗を持ちながらそれまで立っていた三十分ほどの時間が、疲れも加わってか非常に虚《むな》しく思えた。七位以下の走者がそれぞれ親たちの所へ散り、昼食をとっているのに、何のために立っていたのか理解できなかった。

そのため後日、クラブ活動の勧誘にきた陸上部の三年生たちの再三再四の入部のすすめを、N少年は頑固を通して断わり、好きになりつつあった美術部へ入部したのだった。しかし、その美術部も、金持クラブのようで、油絵では金がかかるということを聞いて興味を失った。

そして中学校では、新聞配達と、朝の食事のあとかたづけなどのため、遅刻すると、校門の所で待ち構えている当番の生徒たちに生徒手帳を取られ、担任の先生から返される時に、廊下に立つことを命じられた。

これらが重なり、N少年は、この秋ころには学校に興味を失い、再び「ズル休み」をするようになった。

N少年は、この日洪水を見たためか、新聞を配達する足どりは軽く速かった。もう一度あの木橋を見に行く気持にさせていたからであろう。

この配達区域は、冬場以外は、一時間三十分ぐらいで配達し終えた。それがこの日は一時間ほどで終わりそうであった。こんな日は一年に数えるくらいしかなかった。N少年はずっと走っていたのだった。

配達するN少年に、何人かの大人たちは木橋がどうなっているのかを訊いた。N少年は、自分が見た時にはまだ流されていなかったことをその都度《つど》話し、配達を急いだ。

N少年の配達区域は、他の区域全体と比べると多い部数であったが、その新聞店で一番多い地域は大町か実町のどちらかであった。この二つの町の区域は百六十部から百三十部の間を上下して、多い少ないを争うかのようであった。――

中学二年になると同時に、N少年は、実町と東雲町の一部を含んだ配達区域に変更した。その二年生までの「比内」という担任の先生は、彼が他校へ転勤する前年の秋頃から、夕刊を配達しているN少年を追跡しだした。その先生にN少年が近づくと避ける態度に出て、N少年とは語らなかった。二年生時には「サボ」が昂じてほとんど通学しなかった。

三年生になると、担任がその学校で一番厳しい男の先生となった。N少年がそれを知ったのは、この先生がマーケット長屋の家に訪ねて来て、二、三分も話さないうちに、N少年の頭をゲンコツで一発殴ったその時であった。――この前に、N少年が学校へほとんど行かない代わりであるかのように新聞配達を毎日朝夕していることから、学校の担任や校

新聞配達のN.

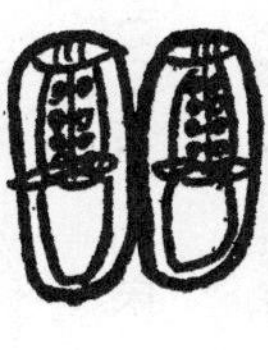

ズック靴 N.

長らは、新聞店のオヤジと奥さんに言いつけ、N少年を学校に向かわせようとした。N少年はみんなの前で叱るそのオヤジをしだいに避け出した。――そして、担任の先生のゲンコツ事件が起こったのだ。

中学三年の秋に、そのゲンコツに抗議する意味を込めて、その新聞店を正式に辞めたが、それは自転車で家出するためであった。

その家出から戻って暫らくすると、新聞店のオヤジ自らが頼みに来た。再び新聞配達を手伝って欲しいというので、N少年は応じた。その時には町から一番遠い地域で、新聞店が専用の自転車を貸してくれてのものであった。

それらは二年後のことであったが、中学一年生のこの頃の少年には、まったく考えが及ばないことであったのだ。

六

N少年の配達は三千石と隣り村へ行く道の三叉路前の床屋で終わる。その日も、その床屋に配り、配達をし終えた。N少年は家路を急いだ。

N少年はそれから直ぐにでももう一度木橋を見に行きたかったが、夕食を作る日課が待っていた。

炊事を二つほど下の妹たちにはまだ任せられなかった。N少年は、妹たちの年の頃にはすでに飯炊きができたし、みそ汁を作れていた。それで、N少年が妹たちに教えようとすると、母は「まだ早《は》え」と厭がった。


N少年がみそ汁を作り始めたばかりのある朝に、三番目の兄は新聞配達から帰るなり、みそ汁の実《み》が茎丈《くきだけ》の長いモヤシであったことから、物凄い見幕で憤り、N少年を「キチガイ」と罵《ののし》った。N少年は、兄に言われたとおりモヤシのみそ汁を作ったのに、なぜ怒鳴られるのかがわからなかった。しかし、食べると、先っちょの黄色い玉のところが固すぎて食べられないので、それを納得した。それは煮付け用のもので、みそ汁用のものは茎丈の短い物であることを、後日、買い付けの店の女主人から教えられたものであった。

この三番目の兄が、上京する日が近づく半年ほど前から、母は三番目の兄よりもN少年の料理の方が「うまい」といって、ほとんどN少年に炊事のすべてを任せるようになった。

三番目の兄が上京する一年ぐらい前から、家には北海道からセツ姉さんが帰ってきていた。そのセツ姉さんは、よく「ワンさん待ってて頂戴ね」などという歌を飽きずに口吟《くちずさ》むんであった。三番目の兄は、そのセツ姉さんをよく空笑いすることなどから極端に嫌っていた。「百貫デブ」といって嫌っていた。N少年だけが懐《なつ》いていた。セツ姉さんは、N少年の算数の宿題を一緒にやってくれ、不思議に良く出来た。N少年の担任の女の先生は、三番目の兄がN少年に教えているのだと思っていたのだった。

しかし、三番目の兄が上京する前の年の夏の夜に、同じマーケット長屋の母の背負っ子仲間で、太田の母さんといわれていた人の息子とセツ姉さんが、「イッペ」をしているところをその兄に見つけられてから、変わった。階下の現場で叱る三番目の兄の大声で、N少年は起き、二階から降りて階段の中ほどに腰を掛けて、それを見ることになった。三番目の兄の前で、その太田の息子は慌てた様子でパンツやズボンを上げ下げしていた。N少年にはそれがおかしかった。そしてそこからは見えなかったが、よく意味がわからないままにセツ姉さんを不潔なものに感じた。N少年は、それ以降セツ姉さんを嫌いになった。「イッペ」を不潔に思う一方で、「イッペ」をした太田の息子に仕返しをしてやりたい怒りをもった。それから暫《しばら》く少年は、この「イッペ」に悩むことになった。

三番目の兄は上京した。その後もセツ姉さんと太田の息子は「イッペ」をつづけていたのだろう――兄が上京して間もなく、セツ姉さんは妊娠した。母はガミガミN少年に当り散らした。やがて「オロス」ことになり、セツ姉さんは病院で手術をうけた。

N少年は、母にいわれて、その死んだことだけが確かな赤ちゃんのために、家にあった

N少年の頭大の漬け物石を両手で持ち、「黒寺」と呼ばれていた寺院の墓場の一角にそれを置きに行った。――やがてその石が母の家族の墓標となるものであった。

N少年は、そのことがあってからセツ姉さんをその空笑いと共に思い出したくないものになった。セツ姉さんは、その後、弘前の精神病院へ連れて行かれた。太田の息子は、セツ姉さんが妊娠するとマーケット長屋からいなくなった。母は時折セツ姉さんを病院に訪ねていた。

北海道からセツ姉さんがこの長屋の家に帰って暮らしてからは、母が三番目の兄にN少年を「たたくな」と注意していたこともあって、N少年の家出はピタリと止んでいた。

N少年は、とにかく、二番目の兄から、炊事の薪拾いに始まり、茶碗や鍋の洗い方や、手のくるぶしの下のところまで釜に水を入れるメシの炊き方などを教えられた。そして、三番目の兄からは、煮付け物やみそ汁の作り方や、おしるこ、ダンゴ汁、干うどんなどメン類の煮方などを教えられていた。

少し前まで、N少年は、夕刊の新聞配達を終えると、米のない日には、母が行商から帰ってくる道順に沿って迎えに行き、米のお金とか、その他の主食を何にするかとかを聞いてから、先に家に帰って夕飯を作ったのだ。

夕食の主食はメン類やダンゴ汁が多かった。おかずは漬け物がほとんどであった。母が行商の魚を残して帰った日には、その売れ残った魚を母かN少年が料理した。魚の煮付け物を作るときは母が料理をし、焼き魚を作るときはN少年が料理した。N少年は鯨の油焼きが上手だったが、鯨は年に何回かしか食べられなかった。

母は、一つ北の方の町の端《はず》れの村まで行商に行くのだった。その村はほとんどが農家であった。「サガナ、よごすか」と軒先を一軒一軒回って歩くのだ。母の行商は雨や雪の日は大変辛く、そしてそんな日は魚もあまり売れなかった。

N少年は、父とは暮らした記憶がなかった。——しかし、一度父が家に来たことがあった。

マーケット長屋内の飲食店で酒を飲んでから、家に来たので見たことがあった。

その時、二番目の兄と三番目の兄とが二人がかりで、N少年が拾ってきた木刀で、父を殴りつけていたのを見たのであった。それがN少年にはとても恐ろしかった。

そしてその次の日か、駅前近くの路上でN少年が映画の看板を見ていると、後ろから父と言う人に話しかけられたのだ。

「Nでないが。元気だが。……百円やっか」

N少年は、前日妹が父と言う人から金をもらい、二番目の兄に顔を平手で殴られ、その十円玉が何枚もバラバラと床に飛び散るのを見ているので、怖くてもらえなかった。

父は、N少年がその看板の後ろに何もいわずに隠れてしまったので、諦めた顔をして仕方なしにその場を去って行った。

父は、駅へ向かって行った。その後ろ姿が、N少年には、とてもみすぼらしくて厭だった。よくテレビや映画に出てくる〝父〟ではなかったのだった。

N少年は、それ以降生きた父とは会うことがなかった――。

母は、その洪水のあった頃、父を物凄く悪く言っていた。「バクチ打って、家取られだ」「酒飲みで、どっしょもながった」等々と、母は諄々《くど》しく言っていた。

N少年は、そんな父のことを言われてもピンとこず、その時には母を信じるしかなかった。

姉や兄たちは、この町から出て行ってからほとんど便りもなく、金も送ってこなかった。母はそれを愚痴っていた。

N少年にも、それが姉や兄たちへの不満となった。

その頃母は、以前よりも一、二時間早く行商から帰ってきていた。

N少年が新聞配達をし終えて家に帰るころには、すでに母は帰ってきていて、そして、いそいそと湯屋へ行くのであった。石鹸もそれまで見たこともない丸い容器に入ったものを使い、それを子供たちには使わせず、使うと憤るのだった。

その日も、N少年が家に着くと、母はすでに帰ってきていた。そして湯屋に行った。N少年は夕飯の支度をするのだった。その頃は魚の残りもなく、メン類やダンゴ汁が多くなっていた。この日も干うどんを作ることになった。

炊事の間も、N少年の頭から木橋のことが心配のため離れなかった。

N少年の家は、その頃、マーケット長屋の糞尿の集まる便所の隣りに移っていた。それ以前には、弘南バス車庫のがわから数えると長屋の三軒目に住んでいた。その長屋はほとんど同様の造りと借りられ方をしていた。そのようななかで二軒分を借りた家が幾軒かあった。

この便所の隣りの部屋に移った理由は、N少年にあった。

このことで妹たちは、ブーブー怒ってN少年の悪口を言っていた。妹たちとのケンカも多くなっていた。妹は一人で二つ下であったが、長兄が定時制高校生時に女生徒に生ませた私生児の姪とが一緒に暮らしていて、姪は妹と同い年であった。この長兄は、まったく音沙汰がなかった。

七

便所の隣りに移る前の家で、N少年は鳩を飼っていた。三ヵ月分の新聞配達の給料をためて買い求めたものであった。同い年だが、鳩飼いでは、マーケット長屋では一番古い飼い主であったオサムを通して、その友人から買ったのだ。飛べるようになって間もない純白と、紅栗といわれていた羽色の二羽の鳩だった。

その頃、マーケット内では、オサムを始め、鳩を飼うことが流行っていて、そのほかに数人の少年たちも飼っていた。

N少年は、一番ビリに二羽だけ飼ったが、鳩種としてはみんなから羨ましがられる血統書付きであった。とくに紅栗は飛翔すると、みんなが「いいばッ」というくらいに美しかった。

鳩小屋は、一階の狭い屋根を台に二階の軒下に作った。

鳩小屋作りの木材は、マーケットの隣りに材木工場があり、そこから屑の節の多い木切れを盗んできたものだった。オサムやほかの少年たちもそうして盗んできて作ったが、金持の松江兄弟の兄の方が大きな鳩小屋作りをした時は、相当買い込んでのものだった。オサムはその材木工場の高いブロック塀を隔てたすぐ隣りに鳩小屋を作ったので、工場がわからそれが見えた。そのため、オサムは一部を買って作らざるをえなかった。そのほかの少年たちもそうだったらしい。

しかし、N少年にはそんなお金はなかったので、全部盗んできた。ある日、そこの大学出の息子に見つかったが、細い柱木を刀に使う振りをして堂々と一本盗んできた。その息子さんは何も言わないで見ていてくれた。

鳩小屋が出来上がった日、その材木工場の親父は、それを見にきて注意したが、「今度からは買ってやりへ」と言っただけで、叱ることはしなかった。鳩小屋作りを「うめの」と言って去っていった。

事件は飼ってから二週間もしないうちに起こった。二羽のうち、一羽の純白の方はまったく羽毛を残さずいなくなっていた。盗んでも直ぐバレる紅栗の方は、片方の主翼の付根のところをやられており、クークー鳴いてうずくまっていた。包帯をし、赤チンキを借りてきて何度も塗ったが、白っぽいドロドロしたものを吐いて三日後に死んだ。

その紅栗は、田んぼのあぜ道の脇に埋めた。そしてその上に木で十字架を作り、それを立てて墓標にした。セツ姉さんがこの長屋の家にいた頃に、家で飼っていた「ミコ」という猫が死んでしまい、その近くに埋めて葬ったこともあった。

キリ. N.

鳩. N.

猫. N.

その後のマーケット内の噂では、隣りの宇野のカズ子という十歳ぐらいの娘が、その飼い猫を鳩小屋に入れたのだということであった。

N少年が、その日の夕刊を配達し終えて帰ってくると、とにかく、そうなっていたのであった。

隣りは飲み屋であった。このマーケットで一番栄えていた飲み屋であった。毎晩、夜遅くまで一階では騒いでいたが、子供部屋のある方はそうでもなかった。隣りでは、表裏棟を貫き通した形で、二部屋分の一、二階を借家していた。そして、N少年の部屋と合う方の二階は個室の飲み屋となっていて、もう片側の二階の子供部屋よりも騒がしかった。

マーケット長屋は、東雲町の本通りに対面した大映館側と弘南バス車庫の広場側に縦に面し、横面は材木工場と道路を挟み理容・理髪店、佐藤商店というN少年の家の買い付けの店、その隣りの食品店、病院、やがて文房具の小店となる四つ角の所の空家に面していた。そしてマーケット長屋自体は、二棟だが、材木工場に面した棟は、もう一つの棟より一まわり小さい長屋で、二棟とも合掌造りの長屋であった。商店や病院などに面した方の棟は、もう一つの棟の丁度二倍あるといっていたが、合掌屋根の真ん中を背中合せにして、それぞれの部屋は、一、二階各六畳ほどに区切られていた。そして通りに面した方を「表」といい、もう一方の棟に面した方を「裏」といい、N少年の家はこの裏側の一部屋であった。裏長屋の方は日当たりの悪い、洗濯物が乾きにくい軒下をもっていた。――やがて、それまでは柾屋根であったものが、トタン屋根となるが、その施工はN少年の親戚のトタン屋が行なった。それまでは、雨の日などはよく雨漏りがした。

隣りの宇野の家では、その表と裏の上下両部屋を貫き通すようにして借りていたのだ。隣りの家では、裏側の二階の大屋根の上に一メートルほどのプラスチック製のネオン看板を立てていた。

N少年が鳩小屋を建てる時に、そのネオン看板が見えなくなるから鳩を飼うのを止めろと、宇野のオガチャは母に小金を貸していたことから、母を通していってきた。それに対してN少年は、その軒下に小屋を作るので、ネオン看板の下になるから、迷惑をかけないと反論した。すると今度は、鳩の糞で汚れると言って反対してきた。ほかの少年たちは、N少年よりも多く鳩を飼い、とくに真向かいの松江では、長男がマーケット内で一番多く飼っていて、よく隣りの屋根に鳩が止まっていた。しかし、そのような文句を松江にはいったことがないので、N少年はオサムたちの協力で鳩小屋を建ててしまった。

とにかく、鳩は殺されてしまった。

N少年は、暫く何もする気になれないでいた。

隣りでは、母を通して、ネオンが見えなくなるから鳩小屋を取り払うように再三言って

鳩の紅栗の墓。 N.

セツ姉さんの水子の墓石となった漬物石。
N.

きた。N少年は泣くのを耐えて、鳩小屋を壊した。使える材料は鳩を飼っているオサムやほかの少年たちにあげた。

N少年は、マーケット内の少年たちの間で一番最後に鳩を飼い始め、そして、一番最初にそれを止めることになった。

後日オサムは、松江の長男の数羽ある純白のうち、その一羽に登録番号付きの印環が切られて付いていないのがあると教えてくれた。N少年は、オサムの家の屋根からそれを見に行き、その鳩が自分のものだと一目見てわかった。一ヵ月ぐらい後に、松江の次男で同い年のヒロフミが、N少年には必要なくなった二羽の鳩の登録証書をくれと言ったことからも、その思いを強くした。

松江の父親は、ドジョウ取りで儲け、マーケット内で一番金を持っていると言われていた。松江の家の真向かいの宇野のオガチャと仲が良く、そのため真面目な電気工のカズ子の父は「蒸発」してこの町からいなくなった。「カズ子の弟の父は、松江のオヤジだ」とマーケットでは噂されていた。

N少年の母が宇野のオガチャから金を借りていたこともあって、鳩のことは「黙っていれ」と、母は言った。

オサムは、松江の鳩小屋に宇野の猫を投げ入れろといった。しかし、気落ちしていたN

少年はそれを断わった。やればよかったのかもしれない——と考えたのはずっと後のことだった。

これらの出来事はその年の春のことだった。

そしてその夏。

その夜、N少年は二階に一人いた。妹たちと母はどこかへ行っていた。

N少年の家の隣りの宇野の家の二階で、若い接待の女と客が高い声で笑った後に、チューチューというネズミの鳴き声のようなキスの音がした。それまでになく無遠慮なものだった。

N少年は、それまでの悶々としていた怒りをすべて吐き出すように、錐《きり》を持ち出し、ベニア板二枚を重ねただけの隣りの壁に向かって、二十センチぐらいの間隔で七つほど一列に穴を開けてしまった。チューチューの部屋だけでなく、宇野のオガチャが子供を寝かせていたらしい部屋にも、夢中で穴を開けた。

大きな怒りの声が聞こえてきた。そして、二階の軒下の狭い屋根越しに、N少年の二階の窓の外に来て、宇野のオガチャは怒鳴っていった。

「見てのが。ほんどに、バガだきゃのッ」

N少年は、宇野のオガチャに「ペッ」と唾をかけた。届くものではなかったが、宇野のオガチャは、さらに怒鳴りガミガミ叱った。

翌日も、母に怒鳴り込んできた。

その前から、金を貸している強みからか、宇野のオガチャは母に便所の隣りに移れといっていたのだが、N少年が壁に穴を開けたことが決定的となり、借金の棒引きとトタン板覆いの木製流し台を母にくれることで、しかたなしに移らされたのであった。

その便所の隣りに移る前、あの鳩の事件があった後の夏休み中だが、N少年は四年ぶりくらいに家出をした。

妹たちが宇野のオガチャの家で、テレビを見せてもらうなどの遊びに熱中する一方で、食後の食器洗いなどの片付けを手伝わないために、妹をゲンコツで二、三発殴った。すると妹は、ワーワーと泣いて、母に言いつけた。母はその理由も満足に聞かず、N少年を怒ることになった。

「学校にも行がねで。オヤジど、そっぐりだば。寝小便も、毎日たらしで」――

「どっかへ行ってしまえッ！」

この最後の一声を聞いたN少年は、その直後何もいわずそのままの姿で、学帽だけを手に持って家出をした。

母がいう「アバシリにいるオヤジ」に会いに行こうとした。とにかく、そこしか行く所がなかったのだ。

五能線の線路が切れた所から、青森へ向かうアスファルト道路を走ったり、歩いたりしていると、若い男の人二人が後ろから自転車で来た。そして、青森へ行くのなら一緒なので自転車に乗せて行ってやるということを言った。N少年は最初、「いい」と言って断わったが、彼らは強くすすめて乗せてくれた。足は棒だったのですごく助かった。楽《らく》ちんだった。

青森の夜景が見えた。——美しかった。

青森市内へ入ろうとする時、二人は交互に、「なして青森サ行ぐだ」と訊いてきた。

N少年は、青森の家へ帰るのだということを答えた。

「でも、見ね、帽章だのし」と、一人は言った。

青森駅に近くなると、まだ乗せてやるという二人の若い男の人たちに頑固に断わり、N少年は自転車から降ろしてもらった。

「ありがとう」と頭を下げて別れてから、N少年は駆け出した。すると、その二人は、「待でへ」と言って追跡してきた。

N少年は、露路を逃げ回り、ある家のゴミ箱の後ろに隠れた。その前までできた二人の若

国道7号線を走るN.

い男たちは、自転車をその場に止めて何かを話していたが、やがて去って行った。

N少年は、そこから出て駅へ向かった。駅に着こうとする直前、立小便をしていた中年の酔っぱらいが、N少年を呼び止めた。

「どごサ行くだば」と言って、しつこくあれこれと訊いてきた。N少年は、答えずに「行ぐ」と言って走り去ろうとすると、その人に肩を把《つか》まえられた。

そして、「アベ」と行って、少し行った所の酒場の前までN少年を連れて行った。

そこで、N少年の帽子を取りあげ、「待ってへ」と言い残し、その酒場に入って行った。やがて出てきたその大人は、少年の肩を把みながら、また「待ってへ」と言って帽子を返してくれた。N少年は、その帽子をかぶらず、手に持って一緒に立っていた。

そこに、静かにパトカーが来た。N少年は足をガタガタ震わせていた。

パトカーに乗せられたN少年は、近くの警察署に連れて行かれた。疲れて眠かったN少年は、名前と住所を言い、母の名前も言った。そして、保護室で寝かせてもらった。

寝床に就いたが、N少年はなかなか眠ることができなかった。急に明日の朝刊の新聞配達のことが心配になってきた。

そしてもう一つ、N少年には、このような状況の中で思い出すことがあった。

八

あの一週間つづいたリンチの直後、N少年は第一回目の家出をしたが、それから家に戻ると、さらに二番目の兄のリンチが待っていた。再び大波小波のリンチがあった。三番目の兄や妹たちは、蔑《さげす》んだ目で、N少年が殴られるのを黙って見ていた。洗濯の仕方が悪い、茶碗の洗い方が悪い、買い物の使い走りが遅い、間違えた、などの理由で二番目の兄は事ある毎に、毎日N少年をリンチした。

N少年が両手で頭を隠して立ちながらうずくまろうとすると、さらに顔面を起こすように下から殴りつけ、必ずといっていいほど鼻血を流させた。また、鼻血を流すと殴るリンチは終わるので、ある時は早く鼻血が流れろとも思った。またある時は、鳩尾《みぞおち》を強打され、大粒の汗を流しながら気絶したことがある。

それらの殴る理由の「悪い事」に対して、二番目の兄は、「悪い事をしました。すみません」と言え、とN少年に迫った。そして、十を数えるまでに答えろということを言い、十を数えてもN少年が黙っていると、リンチをくり返すのであった。彼はリンチの終わりに、いつも「ザマーミヤガレ、ナッパノヘー」と言った。N少年には、この言葉にどんな意味があるのかがわからなかった。

彼は、母のいるところではN少年を殴らなかった。母が夕方行商から帰ってくると、N少年が毎日のように泣きつくので、彼女はかえってN少年を邪険に扱った。そして、N少年に手伝いを強いることしかしなかった。その頃からか――N少年は、自分の〝本当の母〟を空想するようになっていた。リンチと家出のくり返しの中で、N少年は、マーケットの大人や子供たちに、「ノーホジ」といわれて毛嫌いされた。それで、N少年には友だちもできなくなった。

家出も二十回を越えた頃であったろう――。

奥羽本線と五能線を結ぶ川部《かわべ》という駅のホームの売店で、青森行の列車を待ちながら、N少年は、立ち読みで漫画本を開いていた。確か『少年ブック』という本であった。N少年はずっとその漫画を読んでいたかったのだ。

しかし、そこへ列車が轟然と入ってきた。乗降客の混雑がつづいた。その中をN少年は駅員に見つけられないようにと祈りながら、急いでその青森行の列車に乗った。N少年はいつもの家出のように、乗客のあまりいない所の座席に坐った。列車は発車した。

列車が動きを早めてからだった。N少年は、手にしっかり抱きかかえているものを、びっくりしながら見た。

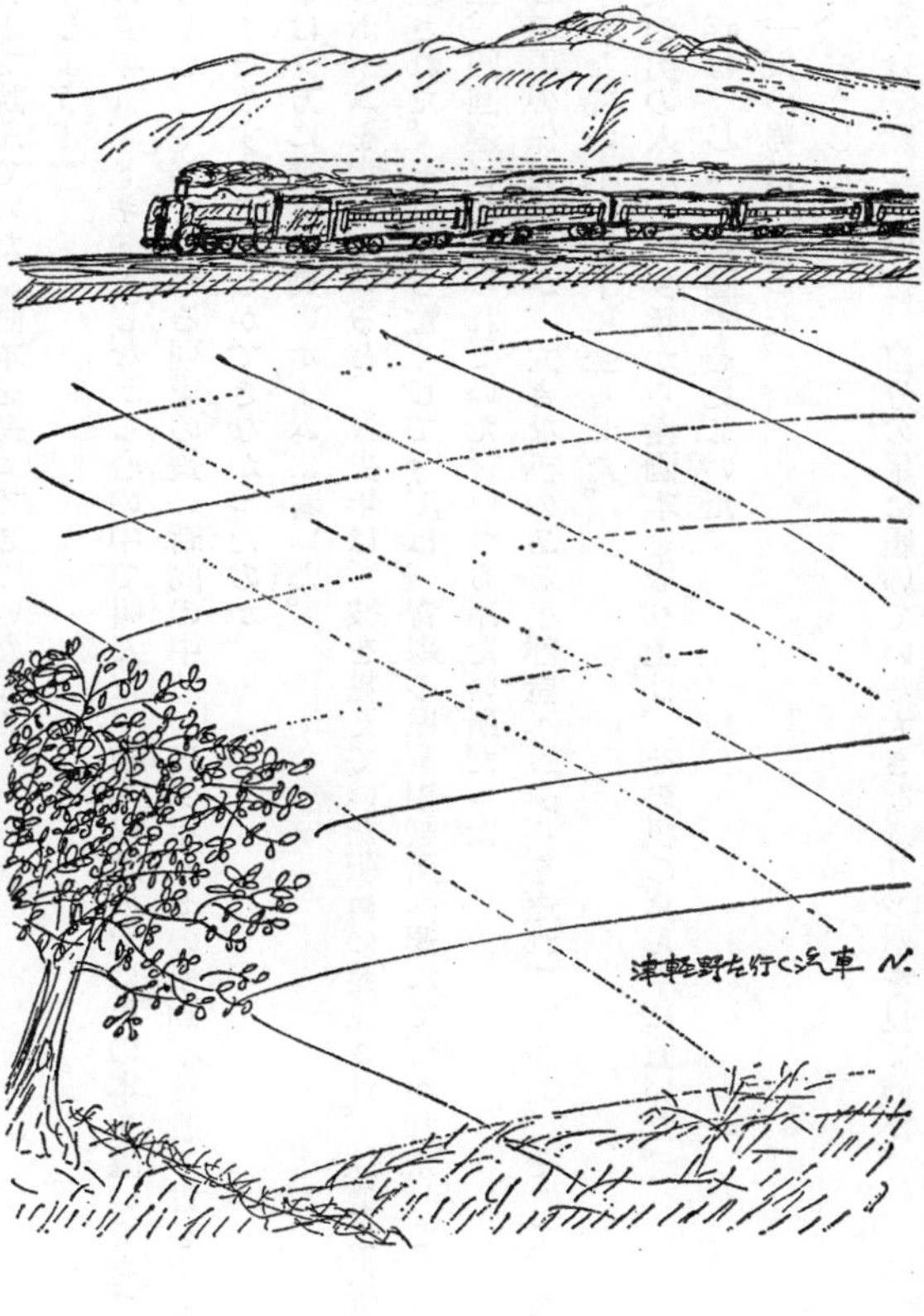
津軽野を行く汽車 N.

それまで読んでいた漫画本を持ってきていたのだ。

『どうしよう!』

とN少年は、ドキドキしながら心の中で叫んだ。暫く座席の上にその本を置いて見ていた。しかし、やがて揺れる列車の長い時間の中で、N少年はその漫画本を読みはじめていた。——そうすることしかできなかったのか。

列車は夕方に青森の長いホームに着いた。

そのホームを歩いていると、N少年は、彼を覚えていた駅員に発見され、鉄道公安官に引き渡された。それから暫くして今度は、青森の児童相談所へ連れて行かれた。ここへはもう三、四回連れてこられていた。いつも冷たい所だった。

そこの男の係員二人が、大きな机のある小部屋へN少年を連れて行った。そして、N少年を小さな丸い木の椅子に坐らせた。

一人の男の人が、N少年から漫画本を取り上げ、その机の真ん中に置いた。

N少年は、じっと漫画本を見ていた。

もう一人の男は、言った。

「これ、どうした?」

N少年は、黙っていた。自分の足に履いている大きなスリッパを見ていた。

一人の男は、言った。
「黙っていでも、分かねべへ」
N少年は下を向いて黙っていた。
この部屋の近くで、同じ年代の少年たちが食事をする音が楽しげに響いていた。
もう一人の男は、漫画本をパラパラめくりながら、言うのだった。
「この漫画、おもしろいが」
N少年は、「うん」とうなずいた。
「どこからもってきた」と、一人の男は訊いた。
「買った」と、N少年は小さな声で、その漫画本に向かって言った。
「どごの店で、買った？」と、その男は訊いた。
N少年は、黙って漫画本を見ていた。見ていると、ずんずん頭が下がっていった。
「買ったもんだば、その店がどごだが、言えるべし」と、その男は言った。
N少年は黙ってしまった。
二人の男は角の方で何かを話し合った。
そして、一人の男は、その漫画本を持ち、部屋から出て行った。
あとに残ったもう一人の男は、少年に背を向けてタバコを喫い出した。

N少年の後ろでは、食事の終わった少年たちが、話しながら行き来する足音が響いていた。

漫画本を持って行った男が、その部屋の戸口の所から首を出して、「ちょっと」と残っていたもう一人の男に言った。

そして、二人とも部屋から出て行った。

N少年は、一人その部屋に残された。

二人はなかなか戻って来なかった。

家出した時のN少年は泣いたことがなかった。家とはまったくちがって泣かなかった。

しかし、空腹がつのる都度に泣きたくなってきた。

部屋の近くでは、ラジオが鳴っていた。

N少年のいる部屋には誰も来なかった。

やがて所内の少年たちは寝床に就いたようであった。所内は、シーンと静まった。

N少年は、丸い木の椅子に坐りつづけて、尻が痛くなると少しずらしていたが、その音だけがギッギッと響いた。

腹が空いていることを忘れた頃、二人の男たちは、N少年のいる部屋に戻ってきた。

二人の男のうち、一人は少年と向かい合って机を隔てて坐り、もう一人はN少年の脇に角側にあった椅子を持ってきてそれに坐った。

漫画本を、その大きな机の上に置いた。

二人の男たちは、N少年に腹が空いたかとも言わなかった。

N少年は、めしを食わせてもらえないことには馴れていた。二番目の兄のリンチの一つだったからである。

だから、N少年はめしを食いたいとは、その二人の男たちには言わなかった。

泣きたい気持が、それがために去っていた。

N少年は、意固地になっていた。N少年は、こうなったら頑固であった。涙を決して見せない。

二人の男たちは、前と同じことをくり返した。

N少年は口を堅く閉じてまったく語らず、黙っていた。――黙ることしかできなかったのか。

一人の男は、「いいかげんにせんか！」と怒鳴って、机をドンと拳《こぶし》で打った。

もう一人の男は、それをその男に注意した。

リンチ馴れしたN少年には、これくらいなんともなかった。

この二人の男たちも、町の大人たちも、そして家出先の大人たちも、それを知らないのだ。

黙して語らぬN少年に、二人の男たちは、イライラしていた。そしてタバコを喫い出した。

一人の男は、わざとタバコの煙をN少年の顔に吹きかけた。

N少年は、ゴホンとむせいだ。

二人の男たちは代わる代わる何かを言っていた。

N少年は、もう何も言う気がしなかった。

夜が更けていった。

二人の男たちは、「オメ、ゴジョッパリだの」と前後して言った。

N少年は黙っていた。

二人の男たちは、交代で部屋を出たり入ったりし、落ち着かない動きをしていた。

N少年は机の上の漫画本を見つめていた。

やがて、N少年は、眠りたくなった。

そして、机の端に頭の先を載せはじめた。

すると、その瞬間をとらえて、一人の男が、その机をドンと打った。

N少年は、ビクンとはね起きた。

「ねむて」と、N少年は言った。

「寝てだば、しゃべへ。どごからもってきた。あの漫画本ば」と一人の男は言った。

N少年は、黙って答えなかった。

それから何回かドスンと机を打つ音を、N少年は耳に感じた。

それでも、N少年が頭を下げてしまうので、二人の男たちは、一人がN少年の顔を手で上げ、もう一人が電気スタンドの光りをN少年の顔に向けた。

この何回かのくり返しがあった。

「どごがらもってきた」

「川部」

「川部のどごだ」

「売店」

「駅のが」

「そう」

「ホームのが」

「うん」

N少年は、そこまで言うと目をとざして眠った。とにかく記憶がなくなった。

何時間経ったのか。机に頬を載せて寝ている自分に、N少年は気がついた。

一人の男が、「どだば」と言った。

「なして、盗んできたんだが」

「盗んでね」

もう一人の男は、「ガメたんだ」と言った。

「ガメねじゃ」

「人のもの、黙ってもってくれれば、ガメたごとになるんだば」と、一人の男は言った。

「汽車が出るから」——と、N少年はくり返しきかなかった。

「盗んできたんだのし。結局。謝りヘッ」と、一人の男が言った。

何回か、やりとりがあった。

N少年は、言った。

「ガメて、すみません」と謝った。

二人の男たちは、その言葉をN少年から聞くと、ホッとしたように笑っていた。

そして、N少年に対して、「メシ食いへ」と言って、食堂へ連れて行った。外はすでに明るくなっていた。

N少年は、メシを食わなかった。食えなかった。それでいて胸がいっぱいになっていた。

眠りたいと言って、布団を敷いてもらって寝た。その床の中で、N少年は泣いた。

とにかく泣けてきて仕方がなかった。

その後、町へはトタン屋のおばあちゃんが連れ戻した。その前に、川部駅のホームの売店に、あの漫画本を返しに行った。おばあちゃんは何度も頭を下げ、訳を話して謝ってくれた。N少年も頭を下げて謝った。

その売店の女の人の蔑んだ眼が、脳ミソの中に突き刺さってくるようで、N少年にはとても痛かった。


その後に、町の警察署の留置場に入れられた事件があった。

学校に行ったN少年は、暫くノートに漫画ばかり書く日々がつづいていた。

それである日、N少年は、母に連れられて弘前へ行き、大学病院で脳波をとる検査を受けた。その時には、医者に「なんともない」と言われて頭をなでられ帰ってきた。

しかし、それからの兄や妹たちは、そしてマーケット長屋の人たちのほとんども、N少年を「キチゲ」と言い出したのであった。

学校へ行っても、服装の汚なさ、貧しさなどからバカにされ、家出のこともバカにされ、友だちもつくれず、N少年は、休むことが多くなった。

それからというもの、二番目の兄は、トタン屋のおじいちゃんが、N少年の頭をバリカンで刈ってくれた後に、三十円を手に握らせて他の人には「黙ってろよ」と言ってくれたお金や、マーケット内の二、三軒のオガチャたちが使い走りをさせて駄賃としてくれる十円や二十円のお金をも、「ガメたのか」といって取りあげ、リンチを加えた。

このようなリンチを再三再四受けたN少年は、通帳で買い付けの利く佐藤商店や、近所の駄菓子屋において、ガラスのケースの上に置いてある十円玉や五円玉を盗んだことがある。

これは怒りにかられてのものなので、N少年の心は痛まなかった。

しかし、この盗みは、二番目の兄が上京した直後から、ピタリと止んだ。手伝いのお金を取りあげる者、リンチをする者がいなくなったからである。

九

この中学一年生時の家出には、一夜明けると、行商の魚を買い付けに来た母が、ついでにN少年を引き取りに迎えにきていた。家出先に引き取りに来るということは、母の場合にはほとんどなかったので、N少年は不思議に思えた。

母のいる前へ連れられていったN少年は、そこで年寄りの巡査が母と話してしきりにうなずいたりしているのを見た。その巡査の前に行くと、彼はいきなり一発頭を殴りつけ、N少年に、言うのだった。

「オメだって、殴られれば痛べし」

そのあとで何かを言っていたが、N少年の耳には何も感じなかった。それは、N少年が怒りに震えて耐えていたからだった。

以降、N少年が事ある毎に妹を殴りつける乱暴を、この一発のゲンコツが生んだ。

警察署から外に出た母とN少年は、魚市場へ向かった。母は、N少年を魚市場の入口に待たせて魚を買い付けていた。

いよいよ町へ帰る支度をするなかで、母は魚市場の食堂の出店に連れて入り、N少年に、「赤いマンマ」の握りメシを三コ買って食べさせてくれた。お茶をもらってくれて飲ませた。

N少年は、この握りメシを食べながら、「アバシリ」へ行くことを断念した。それまで、母から逃がれて「アバシリ」へ行こうとしていたのだ。

母とN少年は駅へ向かった。駅の右側の方に海が見えた。その海の上空に、ウミネコが舞うように飛んでいた。

N少年は、その海を見て慰《なぐさ》まる思いがした。N少年は、なぜかしら海が好きだった。母よりも、海が好きだった。

汽車は青森駅の長いホームを発車した。

N少年は、町へ帰って行くのだと観念した。N少年は、悪口と陰口のいっぱいの町へまた帰って行かねばならないのだ。


二番目の兄が上京し、三番目の兄が家の一番上になってから、三番目の兄は、N少年を殴らない代わりに、N少年の悪口をよく言った。

その一つに、「ノッチ」があった。舌を「チッ、チッ」とさせて言うのだ。これを兄は、兄の友人の前で言ったりして、その友人と一緒に笑っていた。

N少年が中学に入り、英語に「not」が出てきた。これをクラスの周りの連中が、「ノッチ」というN少年の仇名を兼ねて使うのを見聞きし、N少年は初めて「ノッチ」といっていた三番目の兄の言い方がわかった気持になった。

三番目の兄は、英語の「not」から「ノッチ」と言っていたのだ。

そう思うと、N少年はその兄も物凄く嫌いになった。そして、三番目の兄が堅く言い残していった約束も破ることになった。

妹たちに、炊事の手伝いをさせるのが、その一つであった。妹たちに、用事使いをさせるのも、その一つであった。

　このことで最初母とよく口ゲンカをした。母に殴られそうになると、N少年は逃げ出し、映画館へ行った。映画館の方では、毎夜のように来るN少年を厭な顔で見ていた。

　寝小便をたれることでも、母はいつもN少年をガミガミ叱りつづけた。隣り近所にその母の大声が響いていくのが、N少年には怖いものに思え、とにかく母からの怒りには逃げるしかなかった。そんなN少年を妹たちも馬鹿にし、兄とは思っていないようだった。妹たちは、N少年を「ノッちゃん」と呼んでいた。兄の「ノッチ」といっていた意味がわかってからは、妹たちに「ノッちゃん」と言われるのも厭になっていた。

　汽車はN少年には長いと思えるトンネルを何度か潜《くぐ》って走っていた。

　あの町へ帰る列車には、母と同じような背負っ子仲間がたくさん乗っていた。さながらこの人たちの専用列車のようであった。にぎやかな人たちであった。男の背負っ子はあまりいなかった。ほとんど母と同年代の中年のオガチャたちであった。

　N少年は、車外の景色を見て多くを過ごした。

　母は、新聞店のオヤジが家に来て、朝刊は代わりの人が配達するから、夕刊から来てくれと言っていたと、N少年に話した。N少年は『すまない』と思った。しかし、母には何も謝らなかった。

汽車は川部駅に着いた。五能線に乗り替えをし、町に行く。青森駅からは約二時間かかった。町の駅には午前十時すぎに着く。背負っ子たちは、町のあちらこちらの村々へ散って行く人たちが多かった。

これらの背負っ子たちは、各人さまざまな思いで大きな竹籠を背負い、母と同じ朝の一番列車で青森へ出発していた。

その中でも闇米を背負って行く人たちが多く、この人たちが一番儲けていたようだった。母のように、魚の商いを細々と営んでいる人は二、三人もいなかった。

それで、警察の手入れがある時には、母を捜査の対象にしていなかったので、母の家に闇米を隠してもらう背負っ子が多くいた。

母は、駅前にリヤカーを置いて青森へ発ち、帰りはそのリヤカーに魚が入っている竹籠を載せて、マーケット長屋で籠の中のブリキ製の魚箱を取り出してリヤカーの台木の上に整理し、その間にマーケットの住人に魚を売り、そして、北方の隣り町の村までリヤカーを押しながら行商に行っていた。

その家出から帰った日も、同様だった。N少年は母にいわれるままに手伝いをし、家に戻った。

家出から戻ってから、便所の隣りの家に移ったのだ。だから、移ってから日が浅かった。家出があってからの母は、トタン屋のおばあちゃんに、N少年のことで何かいわれたのか、N少年をあまり怒鳴らなくなった。それについてはN少年もホッとした。寝小便のことでも、あまりN少年を叱らなくなった。そしてあまり寝小便をたらすこともなくなった。

それにもかかわらずN少年は、洪水を見た頃には、母を急激に嫌いで嫌いで仕方がなくなっていた。

便所の隣りに移ってから間もなく、母は、「駅の助役」と仲が良くなり、夜二人で酒を飲んでいたりした。

そして、ある朝などは、N少年が朝刊の新聞配達に行くため階段を降りると、家の内に助役という人の自転車があった。――これを見たN少年は、マーケットから木橋まで一気に走り切ったものであった。

それからの母は、それまで家では買ったことがなかった煙草や酒を用意することになった。

この部屋に以前住んでいた大工の人が残していったボロボロの畳に、ビニールのカーペットを買い、敷いていた。

N少年の家では、初めて目にする大きな座布団も一つ買っていた。それは「駅の助役」専用で、母もそれに坐ることはなかった。

その座布団の主が来た夜には、N少年は金をもらい、タダのパス券でマーケット前の大映館に入る日がつづいた。その時、妹たちはテレビを見に行っていた。

N少年は、これらの悶々たる日々が重なって再び学校をつづけて「サボリマン」するようになっていた。そして、金をためて弘前へ映画を見に行ったり、城跡へ行ってその内の公園を歩いたり、動物園の熊を飽きることなく見ている日々が多くなった。だが、弘前からは午後三時前に帰り、夕刊はきちんと配達していたのだった。

弘前行きは月に二、三回であった。それ以外の日々は、木橋近くの川岸に降り、川原で遊んでいることが多かった。

N少年は、その頃は、いつも一人であった。

N少年は、川の砂で城を作り、長い長い城壁を作り、半日過ごすことにも馴れていた。石をいっぱい川岸に集め、それを水面に向かって浮かべるように投げ、〝石のジャンプ〟と思って遊んでいた時もあった。

川を見ていると、N少年は飽きることがなかった。

79　木　橋

十

洪水の日の夕食は、N少年にとっては木橋をつるつると食べ流しているようだった。それは、頭の中から木橋のことが離れなかったからだ。

それで、その頃ようやく妹たちが手伝い出していた食器洗いなどの後片付けも、ぐずつく妹たちに任せるよりも、自分でやった方がいいと思い、N少年は手早く食後の片付けをしてしまった。

そして、N少年は、一目散に木橋へ向かって走った。

海に行く心で走っているようだった。それは、木橋から見える山の裏側が日本海であることから、N少年がいつも木橋から山を見て『あのうしろに海があるのだ』と思うのとは、関係のない別のものと思えた。

マーケット長屋を出ると、実町と接する大映館前の四つ角があった。この四つ角を川へ向かうように真っ直ぐ行くと、実町の真ん中にある四つ角に出る。この四つ角をさらに真っ直ぐ行くと、やがて小さな木橋の架かった小川が流れているところに出た。この上流には消防署の脇の石橋があった。その小川も増水し、流れが早く濁っていて渦を巻いていた。

その橋を越えて直ぐの所に、この町に青森からトラックで魚を運んで来て、セリ合いをする所がそのセメント敷地内にある冷凍倉庫の左側にあった。その前は、一棟だが、マーケットと同様の長屋があって、そのほとんどが特殊飲食店であった。ここもマーケット同様に町で嫌われていた。

この長屋の裏側一帯が通称「黒寺」であった。N少年は、ここを通る毎に気が重くなるのをいつも感じていた。

長屋の切れ際にやや変則の三つ角があった。寺院に沿って右側へ行くと、母が行商に行き来する道となっていた。N少年の住むマーケット長屋からこの三つ角までは直線の道で、二百メートルもなかった。

N少年は、左側へ曲がり、博労町の通りに入った。そして直ぐ川へ向かって進む道を行くと、大きな通りに出るが、そこが仲町通りであった。この道順で、いつもN少年は新聞店へ通うのだ。

北国の秋風はその夕暮れを一層深めさせて、空はすでに濃い夜の色であった。

仲町通りは、N少年と同じように木橋前に向かう人々とそこから帰ってくる人々とで、せわしく騒々しかった。その大人たちのほとんどは自転車での往来だった。

N少年は走っていた。

大人たちは、いろいろ言っていた。

「ヤアッ、どサ」

「橋、見にサ」

それらの大人たちは、一、二分ほど話して直ぐ別れた。

N少年は、木橋を心に見て走っていた。

四つ角から川端町方面に入ると、木橋までの間の道路はぎっしりの人だかりであった。そのため木橋は見えなかった。

N少年は、その中を木橋の前まで進んで行った。

木橋の前には、依然としてロープが張られていた。そのロープをくぐって橋を渡る人たちも何人かいたが、警官に許可をもらってのものだった。

人だかりのほとんどは大人たちであったが、少年たちもわずかにいた。

木橋は、台風一過の晴れた秋の夜空に光っていた。星の川が木橋の上に宝石のように輝いていた。

昼とは違って向こう岸の人たちと家並みは、ずい分遠すぎるように感じた。

濁流の勢いは相変らず凄かった。水位も減ってはいないと、周りの大人たちは誰ともなしに話していた。

消防団と青年団の若い人たちは、片手に湯飲み茶碗を持ち、もう一つの片手に大きな握り飯を持ち、それを頬張りながら、眼をランランと見開くように濁流を見ていた。彼らの眼光も夜の電灯の中でギラギラしていた。

夜八時すぎ、周りの少年たちは帰宅しはじめた。大人たちも帰宅しはじめた。

N少年は、まだ木橋から離れられないでいた。

木橋は、濁流の中で光っていた。――頑張っていた。

N少年は、この木橋を渡り始めた頃を思い出していた。

ある日、木橋を渡っていると、大型トラックが通り、その近くは揺れ動いた。

N少年は、最初その揺れが木橋を壊しそうで怖かった。

それと同時に、N少年には、この揺れをどこかちがうところで体験した記憶があるように感じていた。しかし、はっきり思い出せないでいた。

その木橋をくる日もくる日も朝夕往復して渡り、大きな自動車による揺れを感じる都度に、N少年はそのようにくり返し感じた。

やがてある冬の日に、バスが通り、その揺れを感じた時、その冬景色のなかで、思い起こすことがあった――。

北海の流氷が見える港町に架かる橋でのことであった。

大きな流氷が浮かぶ海に注ぐ川の上は白かった。その川に架かる長い長い橋があった。

ようやく歩けていた。小さな時だった。

三番目の兄と一緒にその橋へ歩いて行ったのだ。長い長い橋の真ん中で、ここで待つように言われて待っていたようだった。

そこで、幼いN少年は一人で待っていた。

ずい分と長い間待っていたようだった。

兄はもうそこへは来なかった。

母も来なかった
セツ姉さんも来なかった。

その他の誰も来なかった。

長い長い橋の真ん中で、幼いN少年は待っていた。長い間、待っていたようだった。

幼いN少年は、小さな両手で橋の欄干に把まり、両足をブランブランさせて遊んでいたようだった。

そこに、大きな大きなトラックが、もの凄い音を出して、やってきた。

幼いN少年には、とても怖い怖い。

85 木　橋

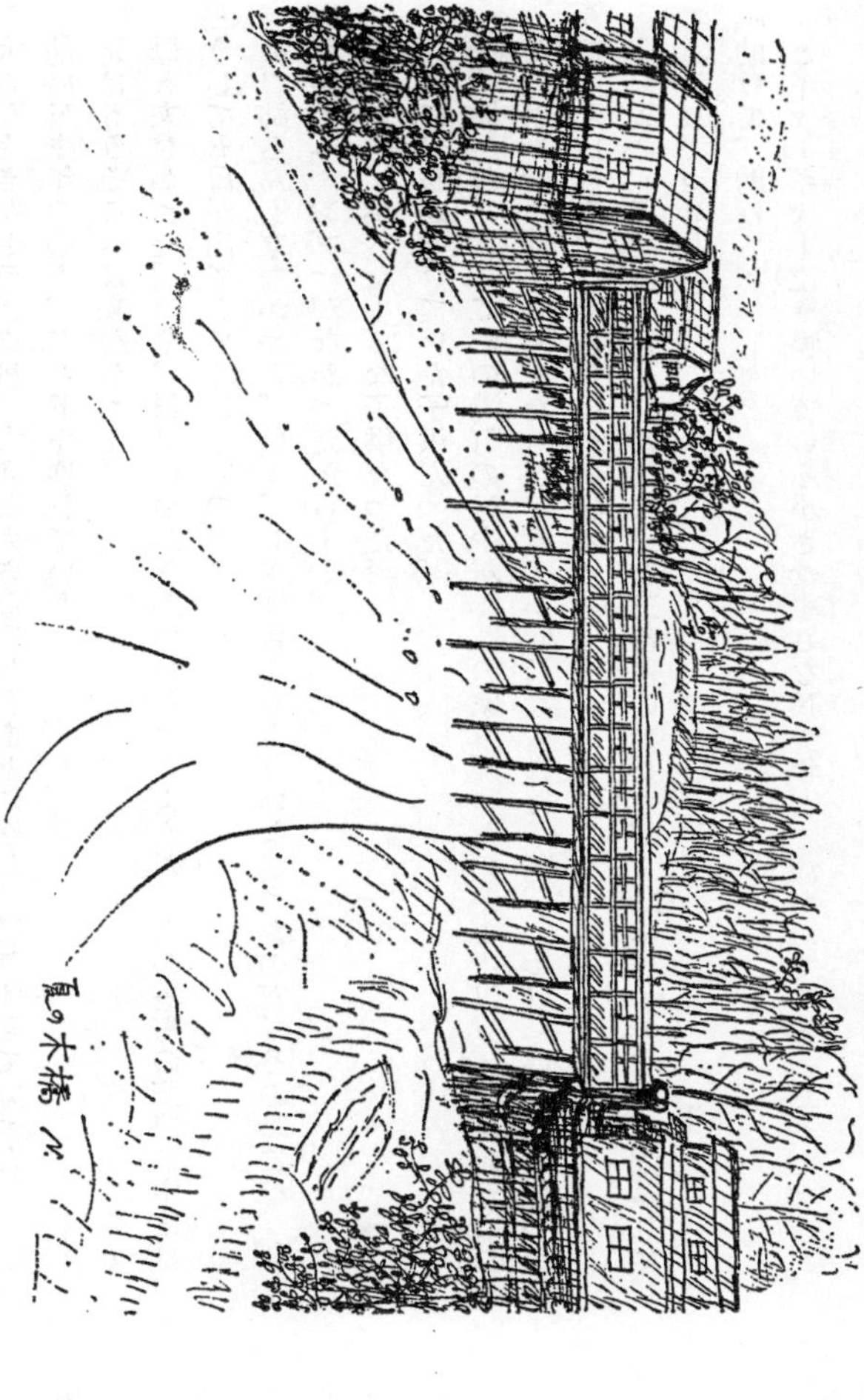

大きな大きなトラックは、大きな大きなゆれをあとに残し、通りすぎていった。

幼いN少年の心も、ドキドキゆれていた。

兄はもうそこへは来なかった。

母も来なかった。いや、母はいつからかいなかったようだ。あの港町の記憶の中には、どうしても母が出てきてくれないのだ。

セツ姉さんも来なかった。いや、セツ姉さんももういなかったのだ。その時には、セツ姉さんの「オンブ」がなかったから——。

N少年は、小さな小さな子供だった。

痛いほど腹が空いていた子供だった。

その橋からどうしてその港町のN少年たちの家へ戻ったのか——N少年にはわからなかった。黒っぽい制服の大人たちが、帽子が同じな大人たちが、いっぱいいた家へ行ったようだ。はっきり、はっきりわからない。

その後に、三番目の兄と二番目の兄と三番目の姉たちが、幼いN少年を、布団蒸しにしていたのだった——。

「助けて、助けて」

とギャーギャー泣き喚いている小さな小さなN少年が、浮かんでくるのだった。

そして白い白い冬が視えてくる――。
寒い寒い冬が感じてくる――。
「オナカ、スイタカ」の冬が写ってくる。
「アバシリ」へつながる、揺れ、だった。

この流氷の海と、長い長い橋と、白い、寒い、冬の記憶のバラバラな思い出は、なんであったのか――。
N少年には、この一冬を越さないことには、それらが何であったのか――理解できなかったのだ。

木橋は、揺れているように、そこに見えていた。
大人たちもほとんど帰宅していた。
しかし、二、三十人は消防団員の人たちにまじって残っていた。
時々、消防団員が、何かを叫ぶ以外、N少年の耳には、人の声が入ってこなかった。
木橋の真っ直ぐ上にそそり立つように見える山、その夜の山は、黒々としすぎて気味が悪かった。
林檎畑の樹林の枝々は、流れに浮かび、また沈んでいた。
それが、N少年には、人間の手のように見えてきた。
「助けてよ、助けてよ」
と叫ぶ、人間の手のように見えた。
木橋は、山の黒々とした真ん中へ刺さっていくようだった。
濁流は、光りに輝《てら》されて踊っていた。
ひとり、少年は視ていた――。

番外編

後年――、N少年は、檻の中で、次の詩を書きのこしている。――

津軽のリンゴ野に冬がみえると

降る　降る　悲しみが降る
どんどんと　激しく降り　降り
悲しみの根雪となってくる——

我《ワ》ノ十三歳《ジュウサンセエ》ハ　津軽ノ根雪コノナガダベナ
十三歳ノ　童子《ワラシッコ》ダッダジャノ
ナモサ　デキネ　ワラシコダッダジャ

カッチャ　駅《エギ》ノジョヤクドクッツイダベシ
ワキャイヤダッダバナ　トデモ　トデモ
ダドモ　ナモデギズミデルダケダベシ
カッチャ　映画《エガ》サエゲイッデ　二百円ケダ
ワキャ　映画ミデネデネデダベシ
グースカ　ソゴデネデダベシ
トナリノ人《シト》ニ頭《アダマ》アダッダベシ
コズガレデ　オゴサレダベシ

ソンデ　誰《ダ》モイネ
ズッド前サイギ　ソゴノ席《セギ》デネデダベシ

コノ冬　ギフノ方《ホ》デ
オヤジ　死ンダ
ズボンノポケッドサ
十円玉一コ残シデイダ　ドカッチャイッタ
死ンダベシ
ズッド会ッデネガッダモサ
悲シガッダジャ
切《セズ》ネガッダジャ
最後マデ　カッチャノ名前《ナメ》イワネガッダド
カッチャ　グチグチダモサ
キヂゲパーダベシ
駅ノジョヤグ
オンチャコノアッチャドクッツイダベシ

カッチャドゴサ　来《コ》ネグナッダバナ
カッチャドオンチャコノアッチャド
大ゲンガシタバナ
カッチャドゴサ　ジョヤグ来ネグナリ
カッチャ負ゲダベシ

カッチャ　妹《イモド》ニ五千円ワダシ
北海道《ホッケード》サリンゴノ袋ガゲニイッタバナ
家《エ》サ居ネグナッダベヤ

ワキャ　アレダバナ　グレダバナ
カッチャ　家《エ》サモドッデ来タバナ
オドリノオ師匠《シヨ》サノ所《ドゲ》ニ
オドリナライニ行ッダベシ
カッチャ　イッショケンメダベシ

ワキャ十三歳《ジュウサンセエ》　ナモデギネガッダジャ
カッチャ　手伝《テツデ》エセェドイッタベシ
手廻シノ　チク音キ
グルグル廻シデ　ヤッタバナ
テツダッタバナ

ワキャ十三歳《ジュウサンセエ》　ナモデギネガッダジャノ
悲シガッダジャ
切ネガッダジャ
悲しみが降る――
シンシンと音もなく降る　降る
悲しみの根雪が積もりくる
津軽の十三歳は悲しい

土堤

一

疲れの溜まる夏の昼さがりであった。

横浜の桜木町駅を降り、伊勢佐木町へ向かうため、駅前の大きな鉄橋を渡ろうとしていた。

その鉄橋の少し手前辺りから様子がいつもと違うことが、その人集《だか》りから分《わか》って注意が起こった。橋の上や河岸には、白い半袖シャツや白いブラウス姿の、サラリーマンやＯＬたちなどが、向かう橋の右側に鈴なりになって騒いでいた。

Ｎ少年は、その場所に着いて人集りの一人となってから、すべてが分った。

橋の下を見ると、ドブ河で泳いでいる人がいたのだ……。

そこに、臭いヘドロにまみれながら、バシャバシャと一生懸命泳いでいる独りの男がいた。

駅前交番の二人の若い警官がいて、一人がもう一人の同僚の腰に縄を付けて引っ張っていて、その警官は、まるで猿回しの猿のようになりながら泳いで追い、目指す泥まみれの男を捉まえて手前の河岸に揚げようと努めていたのだった。

泥まみれで泳いでいる男は、その河岸の道路沿いにある野毛の寄せ場でよく見かける日雇いの服装をしていた。警官らのいる側に酒屋があり、よく立ち飲みをする場所になるので、その男は、そこで飲み、そして分別を忘れてしまい、ヘドロ河へ飛び込んだのであろう。

いつからやっているのか。若い警官がドブ河のまん中からコンクリート堤の河岸の下まで引き戻し、縄をかけて引き揚げようとすると、その男は激しく抗ってまたまん中へと逃げ出すのだ。

若い警官は、再び始めからやり直しだ。そのアルコール中毒のような泥まみれの男のところまで泳いでいき、河岸まで引き戻すのだった。追い着いて、そのアル中の男に縄をかけようとする若い警官を、彼は突き飛ばして逃げ、再びドブ河のまん中まで泳いでいった。

橋の上の見物人たちは、それをゲラゲラ笑いながら見ていた。

「あははは、また」

などと、その連中は、さも面白そうに大声を出して笑いながら見ていた。

N少年は、この時、大笑いする連中に、殺意を感じた。若い警官やアル中の泳ぎ狂う男の仲間と思える河岸にいる日雇いたちは、みな真剣な顔々に見え、誰一人笑っていない。なぜ笑うのか。N少年はフツフツと腹が立ってきた。その頃気持が荒れて仕方がなかったが、その火にさらに油をかける気分にさせた。

――この野郎!!

と、叫びたい思いが胸を駆けめぐった。

N少年は、自分のオヤジが、ああして殺されていったのだと思った。無性に腹が立った。誰ともなしに無性に怒りつけたい思いに駆られた。

あのドブ河で泥まみれになりながら泳いでいるアル中の男が、オヤジのように思えた。また近い将来の自分自身の姿でもあると考えられた。

N少年のオヤジは、中学一年生の冬に、岐阜のある町で死んだ。汚ないドロまみれのズボンのポケットに、十円玉一コを残し、野たれ死にした。丁度その頃、母親は、駅の助役と浮気をしていた。N少年の反抗はそのオヤジの死に様を母親から聞いて増長しだした。その後中学二年に形式進学した。その頃、学校へはほとんど行かなかった。やがて、寒い網走での腹を空かせていた思い出が、母親に捨てられたためであったことも身体で分ってきていた。そして、惨めに死に様をさらす四枚の写真のオヤジを、仏壇代わりのミカン箱の底から見つけて眼にした。その写真はN少年にショックを与えた。そのためか、寝小便を段々しなくなった。そして、以前にはまったくできなかった夜の墓場歩きや、夜のグランド走りもやれるようになった。その頃から死についても考えるようになったのだ。

N少年は、いつかあのアル中の男のように惨めに殺されてゆくのかと思った。

橋の上のバカどもは、まだゲラゲラ大笑いしていた。――人間はなぜ大笑いするのか。

N少年は、アル中の男が、どうなるのかを最後まで見られずにその場を急ぎ足で離れ去った。

――きれいなところ、きれいなところ！

と、心の中で叫びながら、その場を逃げだしたのだ。

行くはずであった伊勢佐木町へは向かわず、山下公園の海が眺められるところへと足が動いていた。

右手に氷川丸という固定された閲覧船が見える岸壁にたどり着いた。肩先に日雇い仕事の疲れが溜まり、身体全体がだるかった。身の置き場所が岸壁前のベンチしかないかのように座った。

99　土　堤

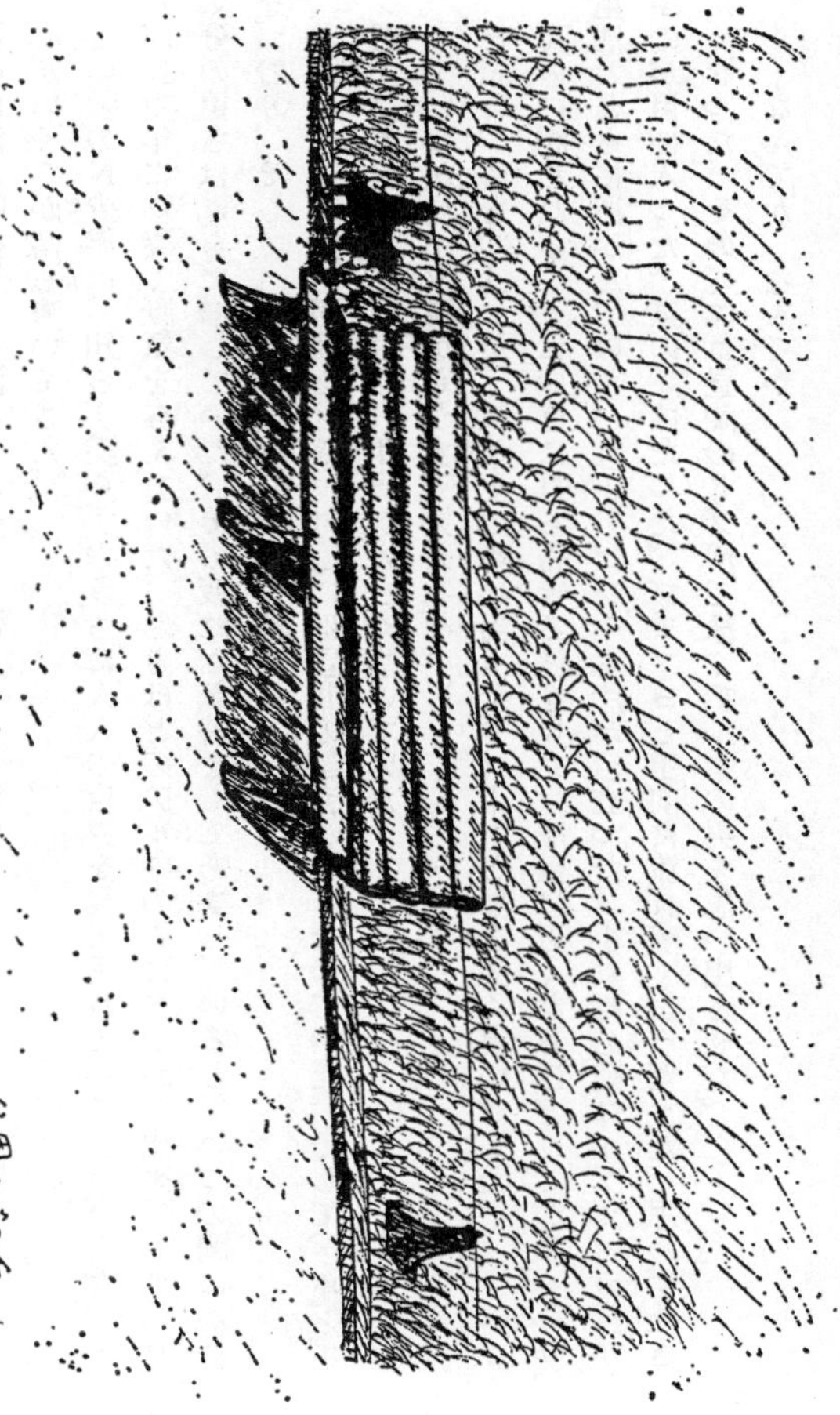

公園のベンチ
1984.1.28. N.画.

沖を見た。外国船が目についた。

沖の白波が時折見える海は、あのドブ河よりもきれいであった。

心がいくらか落ち着いてきた。

この頃のN少年は、知らず識らずのうちに大人の世界を見て汚れていくようだった。それがN少年に物凄く厭気を与えていた。さきほどのアル中の男にまつわる出来事も加わり、気分の重さはさらに増していた。その疲れた気持をもてあましていると、いつの間にか目をつむり、そしてベンチで居眠りしはじめた。

次にN少年が目を開けたとき、付近には昼間の騒音がなくなっていた。そして、ポンポン船の排気音が耳に響いた。西日が大きく傾いていた。

——いつか見た夕陽がもうすぐ見えるな。

と思い、首を伸ばした。風がその顔に当った。ツーンと鼻を突く臭いがした。臭いに誘われるように岸壁に打ち寄せる波を見た。岸壁に近くなるほどゴミが多くなり、重油とともに浮かんでいた。大小のビンや木片が目立った。小動物の死体がプカプカ浮かぶのが目に入った。猫の死体だった。ブヨブヨと手前に流れ着くようだった。思わず吐きたくなった。その死体は昼間のドブ河で泳ぐアル中の男を思い出させた。

——なんでか、なんでか。

とつぶやくように思った。

海に背をむけ、逃げるように歩き出した。歩く歩く歩く。

その公園を出ようとして右方向に歩くと、便所の脇にある休息所のような建物に、日雇いか乞食と分る姿の男たちが二、三人いて、それぞれダンボール紙や新聞紙などを敷き寝転んでいた。その惨めな姿がまた昼間の出来事を頭に点滅させた。その公園からも逃げるように去った。公園から出たものの野毛の溜まり場へ行く足が重かった。腹が空いていた。近くの食堂で中華ソバを食べた。いくらか気分が晴れてきた。しかし、昼間のどこへ向けていいのか分らぬ怒りがN少年の全身に確かな感覚で育っていた。

その後暫くの間、沖仲仕の仕事を終えた夜に、山下公園の後方にある通称〝チャン街〟に遊びに来ている連中のスポーツカーを怒りを向ける対象にしていた。タイヤの空気を抜いたり、ボディーに「死ね」と落書きをしたりできる限りのいたずらをした。三角窓が開いている車があったので、車内のカメラなどを盗み、ドブ河に捨てて仕返しをした気分になっていた。今まで〝レッドシューズ〟などのゴーゴーバーで馬鹿にされた分の仕返しでもあった。だが、一時の気晴らしでしかなく、自分が汚れてダメになっていくようなので、止めた。N少年は、ムダな努力をしていたのだ。

――なんでこんなことしなければならないのか。

と考えると、やる気が失くなっていた。

——どこかきれいなところへ行こう。

と思いたち、電車に乗った。

横浜駅から逗子駅までの切符を買い求め、その電車に乗った。昼すぎのためか、車内はガランとして空いていた。N少年はほとんど走る車外の風景をボンヤリと見てすごした。音のない世界があった。

逗子駅で降り、歩いて海岸へ行った。

なじめなかった。油が浮かび夏の陽射しに光るその海に、なじめる感じがしなかった。

——ここではない、ここではない。

と思った。

駅に戻り、電車に乗り直し、次の海岸駅となる葉山へ向かった。

葉山海岸に着いた。そこには落ち着ける海の色と潮騒があった。

海岸には西日が射していた。〝海の家〟には人影が疎《まば》らで静かであった。ひとり音を出すかのような潮騒が耳に快く、浜風が爽やかな気分をとり戻させるようであった。

しかし、その気分を追うのは幻想だった。この数日間、あのドブ河で泳いでいたアル中の男が、オヤジの死に様と重なって悶々としていた。砂浜から白い波が騒ぐ海を見ても、その想いが深まっていくようであった。その想いを忘れようとしたがまといつくのだ。

やや遠くに、誰かが〝天皇の別荘〟といっていた邸宅の壁の色合いとその長さが目についた。そこの岸辺につながる海だけがやけに輝いて見えた。――その輝いた海の波間に、N少年は、再びオヤジの死に様を思い出した。そしてあのドブ河で泥まみれで泳ぐ男の動きが重なった。

あれがやがて来る自分の姿なのかと思うと、惨めさが心の汗粒から湧いて出るようだった。悲しみの重油の沼でもがきつづける憤りが満ちるようだった。しかし、その重油がどんな性質のものかは不明だった。

その思いを消すため、ありのままの海を見つめた。

その頃、唯一の〝行ける所〟と思っていた次兄のアパートにも行き辛くなっていた。二度目の定時制高校入学も、近くの公立高校の校長であった保護司が、職場や学校を訪ねたことから、N少年の前歴が先方に知られて、いられない気持になって逃げ出したのだった。

そして、青森県の津軽の母親が住む町へ三年ぶりに帰っていった。母は相変らず魚の行商をしていた。

牛乳店を逃げ出す前日、保護司にN少年は言い残してきた。

「職場に来ないで下さいと言ったのに――」

とだけいい、目で抗議して帰ってきた。

そして、給料日の前日、十万円近くを集金して六万円余を店主に手渡した後に残った集金残金の中から、N少年の給料よりも五千円少ない金額を、朝の配達を半分だけ済ませて、持ち逃げしたのであった。怒りが先立ちしての行動だった。

保護司が職場付近を再三うろつき、そして牛乳店と同じビルの一階角にあるパン店にも訪ねて来て、N少年の素行調査をやっていた。このパン店は主人の店の一つであったのだ。

以前N少年はこれらの行動に対して、保護観察官に、

「そんなに信用できないなら、なぜ少年院へ入れないのか」

と、怒りにまかせて言ったことがある。その保護司はそれをさらに表立ってやったのだ。

その後、先輩の態度も変わってきた。仕事の量が学校に通い出すと増えつづけるので、厭な顔をしたら、その先輩は言うのであった。

「メッキがはげてきたな。お前のことはなんでも知っているのだぞ」

向こう側にしてみれば、夜間学校の帰りが遅く、みんなが寝静まっている二段ベッドが二つ置かれた部屋で、N少年のガタゴトが連夜つづくので、それが自然のなりゆきだった

のか。

これらと、保護司の裏切りとが引き金となり、仕返しとしての持ち逃げであった。N少年の布団一式や衣類やギター、そして預金などを含めるとまったく割が合わない〝持ち逃げ〟であった。そのためか、悪い事をやったとはどうしても実感できない心情での行動だったのだ。

この牛乳店は、三兄のアパートの近所にあり、三兄が世話してくれたものであった。これで三兄との〝縁〟も切れてしまった。

長兄、次兄、三兄、そしてN少年が、東京に出てきて初めて一堂に会した次兄のアパートで、三兄が強くN少年を田舎へ帰そうと言っていた。二度目の定時制高校へ行こうとして燃えていた年の正月三日のことである。

このことと、生まれて初めて次兄に酒を飲まされた翌日に、N少年は、頭がガンガンする中を朝の牛乳配達をした後、頭を醒ますため、安い電気ポットでお湯をわかし、インスタントコーヒーを飲もうとして、そのまま居眠りしてしまい、気が付いたら牛乳店の同僚がそのポット分の焼け跡を始末していてくれたという事件が重なった。畳の弁償代一万円だ云々と言われたので、N少年は学校へ行けなくなると失望して、海を見るための逃避行をした。熱海付近で自殺ができず、海岸に沿いヒッチハイクをして神戸に着いた。神戸港のフランス船に無断乗船し、出航後、海へ飛び込もうとしたが、なかなかできないでいると船員に発見された。その船は横浜へ行き、それから外航する貨物船であった。横浜港の海上保安庁から市内の拘置所へ、そこから横浜保土ヶ谷の少年鑑別所へ、そしてさらに東京練馬少年鑑別所へと移監され、東京家庭裁判所の審判に三兄が来て身柄を引き受けたのであった。そして三兄の杉並のアパートへ行った。

前の巣鴨の牛乳店を辞めるために話しに行き、月給を自分の都合で辞めるのでもらわないで来たことを三兄に叱られながら、三兄のアパートの近くの牛乳店に勤めたのであった。三兄が夜間高校へ行くことを勧めた。次兄は、N少年が前年失敗しているので行くことに反対であった。とにかく、再び東中野にある高校の定時制へ通学したのであった。

もう死ぬしかなかった。北海道へ行って自殺しようとした。青森駅の魚市場をうろついた。そうしているとなぜか母親に会いたくなった。それで、母のいる津軽の町に帰って行った。

夜七時ころのローカル線の二両列車の中には、この春高校を卒業した中学時代の同級生たちが多くいた。だが誰一人声をかけてくれる者がなかった。その町に帰る直前、N少年は、田舎にいた頃に買い付けができていた佐藤商店に電話をかけて母と話したが、びっくりしているだけであった。町の駅に電車が停車し、恥かしい思いで駅を降り、二百メートルぐらいしかないところをタクシーで帰ろうとして手をあげた。タクシーに乗って五十メートルも行かないうちに、母が迎えに歩いて来ているのを目にし、ストップさせた。母は乗らないといったので、N少年も料金を支払って降りた。タクシーには恥かしさのために乗ったのだが、かえって恥かしい思いをした。

二日目からは母のガミガミがつづいた。相変らず元気であった。田舎へ金を送っていた大阪守口市の米屋の時代が一番良かったと母はいうのだ。……この守口の米屋こそ、N少年の頬の傷をヤクザのケンカでのものといい、そして「網走番外地」生まれを差別した所であったので、母の無神経さに彼は無言となることが多くなった。

N少年の左頬のヤケド傷は、彼が三歳頃にころんで負ったものと母はいった。それは、お守りをしていた次姉が悪いのだというのだ。そして、出生地は、「網走市呼人番外地」となっていた。守口の米屋にいたとき、戸籍謄本を求められたので、母に送ってもらうと、そうなっていた。丁度高倉健主演の『網走番外地』がシリーズの映画となって流行中だったので、N少年はびっくりした。町役場に番地を付けてほしいと交渉してもらったが、だめだった。そして、この差別のために、そこも半年勤めて辞めた。東京に戻った後も、保証人と戸籍謄本を入社後に求める会社からは、逃げ出すように辞めた。

母のガミガミとは反するように、町全体はN少年に対して冷たかった。

上京直前の非行と上京後の非行歴がそうさせたのだ。

中学校を五百日以上休みながら「形式中卒」した。その直後のことであった。

その頃、住んでいた〝マーケット〟と蔑称される長屋の同級生や一年下の新聞配達の仲間たちが、その日も、この冬期つづいていた盗みをやりに行った。目当ての洋服店に入る直前、N少年には仮病入院としか思えない母親と、その手伝いをしていた妹とが、近くのフロ屋へ行こうとしているのに出会った。

「元気だでが」

と母親は、すれちがうN少年にいった。

これを聞いたN少年は、妹からN少年が上京したら「赤飯たいて喜ぶべし」と母が言っていたということを聞いていたのと、ナベなどを病院に持ち出し、それらがあって食う物も満足に食っていけない時で、常に母を憎む気持があったため、カッーと怒りが走った。

そして、それまでは走るのが速いことから、盗んだ物を運び去る役をやっていたのも忘れて、ケースの上のマネキン人形が着ているギンギラの派手なまったく好みでないセーターを鷲づかみにして逃げ出した——友人たち数人がポカンとして傍観していた。また、その店主や近所の商店主たちも、ポカンとして黙って見ていた。このことから仲間たちのそれまでの盗みは発覚し、品物はほとんど取りあげられてしまった。仲間たちがN少年の責任というので、一人でがんばって反抗したものだ。

とにかく、集団就職列車に乗って上京した。渋谷のフルーツパーラー店の果実部で働いたが、田舎の非行が学校からの知らせでバレていることを知り、辞めた。荷物をそのままにして、三兄の所へ行ったが、相手にされなかった。

それで、海を見に横浜へ行った。そして、香港への密航となった。

　帰国後、栃木県小山市の嫁宅の養子となって一児をもうけていた長兄の家に引き取られた。長兄の職場は宇都宮であった。その宇都宮に、次兄も婿養子となって住んでいた。この二人の兄は連夜のようにマージャンをやり、家に寄りつかないでいた。ある日、N少年は、その遊んでいる姿に青森時代を思うと怒りがとめようがなくなり、勤めていた塗装板金店を昼で早退し、宇都宮の東武線駅前の肉店のレジスターをガチャンとやっただけで何も盗らずに逃げ出し、交番前で「窃盗未遂」で捕《つか》まえられる事件を起こした。その後、横須賀米軍基地内でも同じ未遂事件で捕まえられた。反抗がつづいていたのであった。

　母が行商をしに行く村で、農家の手伝いをした。しかし、その家の主婦が興味本位にみんなの前で香港行のことなどをきいたため、N少年は一週間ほどで辞めた。その金で弘前へ遊びに行った。

母のガミガミが激しくなった。それで、母に金をもらい北海道に渡った。

「もう帰って来ないから」

と言って、二千円借りてもらったのだ。

青函連絡船に乗った。飛び込み自殺をしようとした。だが、甲板に人影が消えることがなく、気がそがれているうちについに出来ず、函館に着いた。

N少年は、大沼湖へ行った。

湖畔周辺の岸辺をうろうろと歩き、死に場所を求めた。雨が降ってきた。着ていた背広がびしょびしょに濡れた。体が冷えきっていた。

農家の軒下で雨のあがるのを待っていた。すると、老いた農婦が近くまで来てジロジロと見るのであった。N少年は道路を歩きつづけるしかなかった。

濡れながら歩いていると、後から軽トラックが来て、徐行しながら、運転手がN少年に乗らないかといった。N少年は断わったが、彼が親切にいうので、乗せてもらった。そして、函館市内で降ろしてもらった。

市内の質屋で、N少年は、オリエントの時計を入質し、千五百円を受取った。

夜がきた。寒さで身体が震えだした。この街全体も冷たく感じた。

駅に行った。

停泊中の連絡船に無断乗船し、暖かい煙突下の機関室へ行き、温まった。連絡船が動きだした。煙突下の船室から出て乗客室の方へおりていった。だが、乗客はいず、乗務員が掃除をしていた。あわてて元の煙突下の船室に戻った。

それでまたも自殺はできなかった。

連絡船は、もう一度函館港に入り、桟橋に接岸し、乗客を収容した。そして、やがて出航した。

N少年は、船室から出た。甲板で様子を見た。人影がなかなか去らず、イライラした。乗務員らしい人が、甲板から去らず、乗客室のトイレと甲板を時間をかけて行ったり来たりしているしかなかった。そうしているうちに、船は津軽海峡の荒波を越え、凪いだ陸奥湾に入った。やがて青森港が見えてきた。

連絡船は接岸した。それで、N少年は、乗客とともに降りた。結局もう一度、母親のところへ帰るしかなかった。列車に乗った。

町の駅に着いた。改札口を通らず、何人かの乗客とともに列車が去った後に線路沿いに歩き出し、家へ向かった。黒灰色の背広が濡れてドブ鼠のような姿をそれ以上人前にさらしたくなかったことからの行動だった。

「ホッレー、見へ、帰って来ねて、まだ帰って来たじゃ」

というのが、母親の開口一番の言葉であった。

発熱し、ひどく頭痛がした。

二階に寝床を敷いて布団にもぐった。藁布団は昔と変わらず寒かった。N少年はこの布団で中学二年の始め頃まで寝小便をしていたが、今でもその臭いが沁みこんでいるようで一層頭痛を重くした。

熱が増して、頭痛も激しくなった。風邪か。

母親に薬を求めた。薬局へ買って貰いに行くため、紙片に頭痛薬の名前を二つほど書いて頼んだ。母は、カタカナしか読めなかった。カタカナしか書けなかった。

母はなかなか帰って来なかった。ガミガミから救われたように思う反面、頭痛がN少年を苛立たせた。しかしやがてぐっすり眠り込んだ。

目が覚めたときには頭痛が治まっており、結局、薬なしで風邪も治った。

その後、親戚の屋根葺屋が手伝いに来てくれといってきた。この店は、町では〝トタン屋〟と呼ばれて栄えていた。丁度本宅を新築しているときでもあった。

N少年は、この町の高校の定時制へ行かせてくれたら勤めてもいいと話した。行かせてもいいということなので、そのトタン屋の仕事を手伝いに行った。町の所々の家々の屋根直しは、N少年の気分を晴れやかにし、やる気を起こさせたようであった。

　そして、町の高校の先生が、一度本人を寄こしてくれということになり、定時制の担任の先生に会いに行った。しかし、四十代のその先生に、N少年はさんざん馬鹿にされた。

「お前が今までやってきたことをいってみろ」

　と刑事の尋問口調で、非行歴を言えというのだ。

　そして側で聞いていたN少年と同年代の学生に、遠慮なしに言うのであった。

「これ見ろ、これを。十八にもなってまだ学校に来たいと言っているぞ」

　と言い、その男生徒に学業を続けさせるための説教をするのであった。暫くしてから彼は職員室を出て行った。

　その先生は、それから思い出したようにしてN少年と話しはじめた。N少年が、東京で二度にわたって定時制に入学していることをまったく信じようとせず、「うそをつけ」と大声を出すのであった。そして、その高校の在学証明書を提出したら入学させてやるということを、ニヤニヤ笑っていった。しかも五日ないし一週間以内に提出するという条件であった。

　N少年は、翌日さっそく東京の高校の一年目と二年目の二人の担任の先生に、その旨を速達で知らせる便りを出した。

ところがそれから三日ぐらい後に、トタン屋を通して、町の高校はN少年に入学を諦めろといってきた。

N少年はそれで、トタン屋へ通わなくなった。

母親は、ヒステリーを昂《こう》じさせて怒鳴り出した。次兄を東京から呼ぶと再三言った。

「東京サ帰れ！」

と、またガミガミ言い出した。それは金を使わせすぎたことも含めてであった。

翌日、母親は、N少年が二階で寝ている間に、東京行の切符を買ってきて、N少年をヒステリー気味に呼んで下に降ろし、切符を突きつけた。

N少年は昼めしも食わずに家を追い出されることになった。

その別れ間際に、N少年は、母親に言い残した。

「もう帰って来ない。オレ、ヤクザにならなければ死ぬかもしれない」

――もうこの人は母親ではない。

と、胸に刻む思いを抱きながら、家を出た。

弘前行の切符を余分に買い、町の駅を去った。弘前からは、母に渡された切符を使った。

上京した。次兄の所へは行かず、横浜に直行した。前年の夏に新宿淀橋の牛乳店を辞めた後に沖仲仕をやり、仕事のあてがあったからである。N少年は、すぐ沖仲仕の仕事をさがして一生懸命働き、少し金がたまった。

次兄に会う勇気が出てきた。

三兄とは会う勇気がなかったが――。

次兄の内妻が勤める東京池袋駅前の大きな喫茶店へ電話をかけた。レジスター係の次兄の内妻は直接電話口に出た。彼女は、次兄がN少年にすぐ来るように話していたと言った。

N少年は翌日、次兄のアパートへ行った。

次兄は、開口一番に、

「もう帰れないことしてきたな」

と言った。

――そうかもしれない。

とN少年は思った。

「一万円使わせたんだってな」

と、次兄は言った。

そして、母親が代筆で二度手紙を寄こし、次兄にN少年を東京へ連れ戻すようにと頼んできたと言った。

N少年は、めしも食わせずに東京へ追い出したその母親に対して、

——この人はもう母ではない。

と思ったものだが、次兄の話を聞いて、さらに一層その思いを深めることになった。しかし、次兄は金については強く叱らなかった。N少年が以前、次兄に金を渡していたからであり、また〝プロパチ〟で遊び人の次兄には、金のことでは強く言えなかったのかもしれない。三兄の怒りについても、次兄は、「もう関わりたくないといっていた」とだけしか話さなかった。そして、N少年のこれからについてもどうすべきかまったく話さなかった。

その夜は次兄のアパートに一泊し、翌朝再び横浜に戻り、沖仲仕をやって力いっぱい生きようとした。

米軍岸壁のノースピアと呼ばれている所で、専属的に営業している元ヤクザの京浜産業の川島組で、〝半常備〟として仕事をやり出した。とにかくN少年は精一杯仕事をやった。

夏のある日、ソ連船の材木の荷おろし作業をしていた。この仕事の最中、左足の親指を打撲した。クレーン車の運転手の不注意だったので、会社が治療費を払ってくれた。

会社には、住民票などや保護観察との関係で、次兄の名前を一字ちがえて申告していたため、次兄のアパートの近くの労災保険の利く大きな病院へ行き、レントゲン写真をとり、

治療をうけた。骨には異状なく、左足の親指の爪がそっくりはがれただけであった。軽傷なので一日休み、その翌日から仕事を一層精力的にやり出した。

会社は、そんなN少年を認め、川島組から離れて本常備になれとすすめてくれた。しかしN少年は、川島の親父が乞食を前日までやっていた人でもメシ代を前払いし、一日雇いのアンコにするなどをしていたことから好感をもち、ぐずぐずして川島組から離れなかった。

数日後、次兄のアパートに行った。次兄は待っていたように、自分の名前が使われていたことを物凄く怒った。労災保険の治療費の何割かを支払ったともいい、「迷惑をこれ以上かけるな」とも言った。

その後、会いに行っても次兄は厭な顔をしだした。N少年は、たまに誰もいない昼の次兄のアパートに寄り、自分の下着を洗濯し、窓の外に干して帰るときもあったが、干しあがらないうちに取り込んだのか、その下着にカビが生えて着られないこともあった。

これらのことがあってから、この次兄のアパートに行くことも億劫になっていた。

段々と行くところがなくなっていた。

行く所がなかったから、海がやけにやさしかったのだ。

いつの間にか砂浜にうもれるように寝込んでいた。目が覚めたら、そこに夜が来ていた。浜辺の夜は寒かった。それで海辺と海岸通りの中間にある茅壁の〝海の家〟の一つに向かい、その長屋のように建ち並ぶ休息所の入口の前にある長椅子の上に、そのまま寝直しはじめた。

どのくらい経ったのだろう。襟首と腰を把まれていた。砂地にN少年を落としながら、若い男が、

「出ろ、フーテンめ！」

と怒鳴って、N少年を引きずって敷地内から浜辺へ出しにかかった。

「なにもしていないよ」

と言って、N少年は立ちあがった。

その男は、N少年の背中を突き飛ばし、

「向こうへ行け」

と言って、その場から追いはらった。

仕方なしにその場を去り、海辺の砂浜に腰をおろし、そこで寝直そうとした。すると、無数の蚊に攻められまといつかれ、眠ることができなかった。まるで眠気と蚊の大群とが戦っているようだった。

立ちあがって辺りを見ると、すぐ近くの浜辺にテント用の布を被せて置かれていた小舟が目についた。N少年は、その中にもぐり込み、そこで寝直した。わりと凌げた。

その頃、野宿には馴れていた。N少年は、日雇い仲間が泊まる「ドヤ」と呼ばれる宿屋へは行かなかった。恐くて行けずにいたといったほうが正確であった。彼らに因縁をつけられるのは昼間だけで沢山だと思っていた。また、ドヤではよく物を盗まれるとのことなので、避けていたのだ。そして、山下公園付近の運送会社の駐車場に停車しているトラックの荷台などに寝ていた。それは、連夜オールナイト映画の大勝館の椅子で寝ていたら、財布をすられたことからの知恵であった。

しかし、そこでも夜警に真夜中に叩き起こされる日が続いていたのであった。そのため、N少年は、身体に、精神に、重い疲労を溜めていた。くたくたになる日が多かった。

四、五メートル先が海という浜辺での朝を迎えた。N少年は小舟からむっくり起きては い出た。身体のあちこちが蚊に喰われていた。外には強い風が吹いていた。その潮風が快く顔を洗うようだった。

朝日に光る海を見た。海は美しかった。

しかし、N少年の心は、数日の間、悶々とさせているあのドブ河で泳いでいた男のことや、昨夜、「フーテン」と呼び捨てにされて叩き起こされたことに、ジクジクと拘泥して

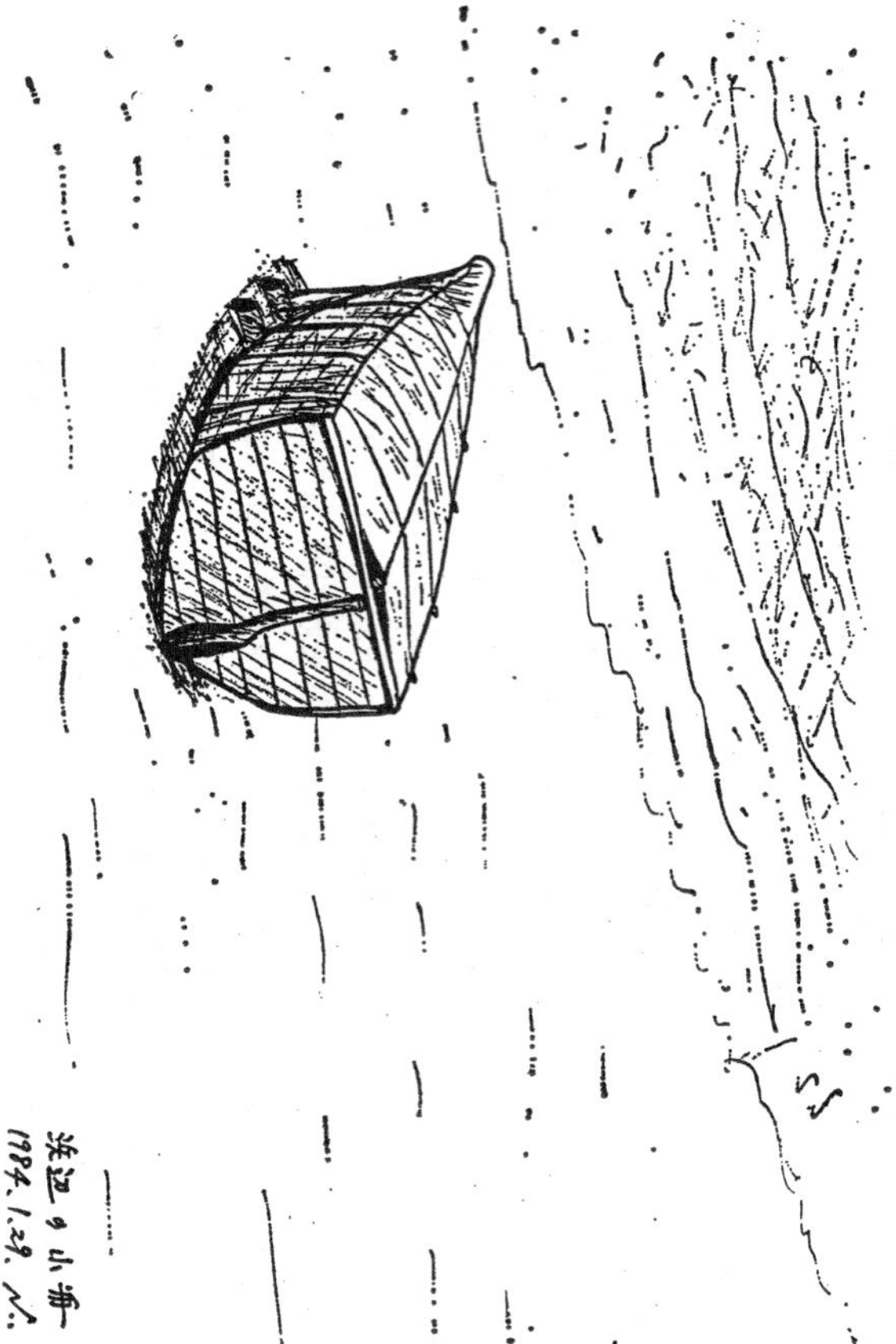
浜辺の小舟
1984.1.29.

いた。以前にも、昼間、関内駅通りにある神社で寝ていたら、「神様に尻向ける罰当たりものめ」と怒鳴られ、叩き起こされたことがあった。また喫茶店で居眠りすると、すぐ起こされ厭味を言われて追い出されたことも思い出していた。

砂浜に座った。そうしていると、やがて眠気がN少年を和《なご》やかに包んだ。

N少年がその後、再び目を開けたとき、浜辺のあちらこちらに海水浴に来た若い連中がいた。チャラチャラしたその連中の動きが目についた。そして彼らの動きと、あの橋の上で大笑いしていた連中の姿が重なった。そして、怒りが自分に向かうのだった。

厭になってきた——自分で、自分が。

——死のう、海で、死のう。

と、N少年は憑かれたように思い込んだ。

N少年は、その直後、近くの酒屋めがけて走った。

それは、ある東大生から、酒を飲み海に飛び込めば楽に死ねるということを聞いていたのを、にわかに思い出しての行動だった。

N少年が定時制高校へ行こうとする気になったのは、その東大生の励ましがあったからだ。

それは、自殺するため、夜間横須賀米軍基地をウロウロしたり、基地内海を泳いだりしたが、堂々としていたためか怪しまれもせず、銃で撃たれもしなかった。銃撃を求めるように、MP本部の隣り脇にある自動車部品売店の正面玄関の大きなガラスドアの一方を石で大きな音を出して壊し、店内を荒したが、何も盗らなかった。暫くそうしていたが、発見されなかったので、そこから出て歩き回りをつづけ、将校ハウスの方向へ歩みを進めた。そして、装甲車のある番所の鉄網柵を乗り越えて侵入し、ようやくそこで捕まったのだ。真夜中のことであった。罪名は「窃盗未遂」だった。

米軍MPから、直ちに横須賀中央警察署に引き渡された。N少年は、チンポコの皮をめくられたりの屈辱を受けながら、手足の全指紋と身体の特徴をカードに記入された。「ブラックリスト」の仲間入りをしたのであった。

留置所には、ヤクザの幹部、売春婦、家出少女、そして大トラヨッパライなどが出たり入ったりしていた。そこに、何かのデモで逮捕されて同じ房内に入ってきたのが、その東大生であった。数日一緒にいたのだろうか。

彼らがいろいろ聞くので、N少年は自分の過去をポツリポツリ話しはじめた。N少年の出生地が「網走市呼人番外地」であることから、職場で差別されていられなくなったことや、基地に入った理由は米軍は甘くないので銃で撃ち殺すだろうと考えたことや、兄弟のことを訊くので、夜間高校に行っている境遇《きょうぐう》などを話した。

身の上話を聞いたその東大生は言った。

「兄弟とはあまりちがわないものだよ。夜間高校なら君にも行けるよ」

N少年はその頃、「定時制高校」がその〝夜間高校〟の正式名称とは知らなかったが、この東大生も果たしてそれを知っていたのかどうか疑問が残る。

N少年にとって、その東大生の一言が、当時、救いの神様のすべてとなったのだ。死に体が生き体になったのだ。しかし、神様が当時いたのなら、この言葉を拒絶したであろうに——。

とにかく、それからのN少年は再び燃えた。その東大生に必ず夜間高校へ行くことを約束して別れたのであった。

その後、N少年は、横浜の保土ヶ谷少年鑑別所へ移監され、二十一日間の規定の所内生活をした。N少年はその間にリンチ事件に出会い、相手五人は懲罰を受けたようであった。

審判でN少年は「試験観察」をされることが決定し、当日すでにその場に立会っていた川崎市新丸子のクリーニング店に勤めることになった。

この試験観察とはどういう意義があるのかが、少年の立場からは分らなかった。ただ、体裁の良い少年たちに対する搾取体制の一環としてあったことは間違いなかろう。しかし、

N少年にとって当時、そのようなことは知ることができない背景だった。なぜなら、プロレタリアートという言葉さえ知らず、なすがままに盲動していたからである。

そのクリーニング店に移るため、タクシーに乗ったが、助手席にはクリーニング店の店主、後部座席にはN少年と母と次兄が乗った。上京してから母親と会うのは始めてであった。川崎の雇い主の店に着き、四人ともその二階へ上がった。母はほとんど何も言わず、次兄と店主が主に話していた。そして、母は緊張したためか、ブッフーと響く屁を放ち、「ワイハッ」とつぶやき、言いたいことも言えずに畏《かしこ》まっていたのが、母親のすべてであった。

次兄と母は、店主にN少年を頼んで帰って行った。

さっそく手伝い勤めをした。このクリーニング店は、新築の二階建てに、店主、その妻、長男、次男の四人家族が住んでいた。長男は高校を卒業したばかりで、次男は高校へ入学したばかりであった。そして、店の裏側にある二階屋を「母家」と呼んでいて、そこは、一階が洗濯場、二階に店員の居室が二間あった。そこには、角刈りの先輩と堀さんという鹿児島出身の先輩、店主の妻の弟とN少年という組合せで、二人ずつ住むことになっていた。

勤めて二ヵ月ぐらいしてからか。N少年はいつものように裏玄関から洗濯場の間を行ったり来たりして、選別されたYシャツ運びの作業をやっていた。店主の長男から渡されたものを、その日の担当の角刈りの先輩へ橋渡しするのが、N少年の役目だった。ところが、その三人とも気がつかないまま色落ちする赤いYシャツが、洗濯機の中の白いYシャツばかりある中に混入する事件が起こった。一つ一つ確かめて入れる立場の角刈りの先輩が、N少年を信用して二十枚ほどあったYシャツをまとめて洗濯機の中に入れたのだ。N少年は長男から持っていくように示されたものを手渡したのであるが、大失態であった。その時にはN少年が叱られた。

その後、長男は日曜日の休みになると、オートバイを乗り回し、遠出をすることが多くなった。

ある日、長男は箱根で大型トラックと接触事故を起こして入院した。そして、彼が店に帰ってきたときには、上の前歯五本が折れて失くなっていた。

それ以後、店主はブルドッグのような顔面を一層するどくして、なにかにつけてN少年を叱りつけることが多くなった。

長男が注文取り兼配達に行くと創価学会の勧誘に会うとのことで、N少年と二人でその仕事をすることが多くなった。その勧誘する家にはN少年が行くのであった。長男はノイローゼ気味になって可哀相であった。

正月。鹿児島の実家に帰っていた堀さんが、約束の七日目にも帰ってこないので、店主は不機嫌になりイライラしていた。堀さんは六ヵ月前に帰郷の許可をとっていたのだというこことだ。もうこの店を辞めるのかもしれないと言われていた。だが、十日目に店に元気な姿で帰ってきた。すると翌日、店主は、はっきりN少年に、

「お前はもういらない」

さらに、

「出ていっていいよ」

とあからさまに言った。

N少年は、横須賀家庭裁判所の調査官に、当初一年三ヵ月ここから動いてはいけないと言われていた。それで、三日ほど前に、その調査官がこの店に来たときも、「あと一年、がんばれる」と話していた。N少年はびっくりして、どうしていいのか分らなかった。月給一万円と言っていて、それは次兄などにも話していたものだが、八千円しか払わぬことに不誠実さを感じていた。それらもあってこの店主が身勝手だと思った。

それで、N少年は、店主に何も言わないで、次兄の所へ行った。

東京池袋のアパートにプロパチンカーをやって内妻と住んでいた次兄は、その経緯を聞いて、とにかく荷物を持って来ておけといって、N少年にそのためのタクシー代を渡した。

翌日、クリーニング店へ行き荷物をまとめてタクシーで次兄のアパートに運んだ。その際、店主にN少年は言った。

「堀さんに二千円借りてるので、給料から払ってください」

すると、その店主は、

「お前に払う金はない。メシ代置いていけ」

と怒鳴るだけであった。

この店主が、N少年の「保護観察」に対する強力な不信を植え付けたのだ。以降、N少年が保護観察に非協力となっていく動因を、この店主はものの見事に与えたのであった。

N少年は直ちに、次兄に履歴書を書いてもらい、職を探した。次兄は達筆といえた。

N少年は勉強したかったので、その時間のとれる新宿淀橋の牛乳店に勤めた。そして、定時制高校へ行くための勉強をした。牛乳配達は、中学卒業まで五年間余にわたって新聞配達をしていたので、あまり苦にならなかった。

春が来て、入学の季節になった。内申書がいるため、受付二ヵ月くらい前に田舎の中学の担任であった先生に手紙を出し、内申書を送ってくれるよう求めた。N少年と同時期に入店した一つ年上の店員は、学校へ通うため牛乳配達をするようになったと言って、都立の高校へ入学しようとしていた。しかし受付の締切りになっても学校から内申書を送って来ず、彼は居づらくなって店を辞めていった。

　N少年も彼のようになるのかと思った。受付二週間前になった。それでも内申書が来ず、焦った。N少年は、先生に血書を書いて内申書を求めた。受付五日くらい前に田舎の先生から、内申書が「密」の字を丸囲いにした封印の封筒に入れられて送られてきた。これを同封してきた封筒には先生の手紙が入っていて、出席日数がまったく足らないので手加減したということが記されてあった。

　N少年の受験した高校は、淀橋から十五分くらい歩けば行ける東中野にあり、大学の付属校であった。それは牛乳店の長男の母校で、全日制は男子のみ入学が許される高校であった。N少年は、その長男と一緒に入学案内書を貰ってきていた。その長男はその春大学を卒業し結婚をしたばかりで、中野区にある本店にいた。淀橋はその支店であった。

　入学はその場で許された。学科試験がない定時制高校であった。N少年は中学を五百日以上休み「情けで卒業させてもらったと思え」といわれていたので、その高校しか入学できないと思っていた。学力に物凄く劣等感をもっていた。

　三兄は、N少年が入学したら牛乳店に訪ねて来て励ましてくれた。

　通学して二ヵ月ぐらい経った頃であった。朝の二回目の配達をしていたら、大きなバーの前で婦人用の小さな腕時計を拾った。それで、近くなので新宿淀橋警察署へ届けにいって手続をとった。

それから一週間くらい後に、横須賀家庭裁判所のあの調査官が牛乳店に訪ねてきた。近くの甘党屋の店内で話し合った。調査官は、鑑別所で刑期を終えたら高校へ行きたいとN少年がいっていたことを、そのとおり実行していたので驚いたと言い、定時制高校へ通っていることを調べていた。N少年は、クリーニング店の店主が、月給を二千円少なく渡していたことや、「出ていけ」といったことが納得できないことなどを話し、なぜあのような仕打ちをしたのかを調べてほしいといった。それをしない間は一切協力できないといった。彼は、N少年の保護観察の管轄がかわることを話し、近く次兄に連絡すると話して帰っていった。

やや後、次兄とN少年は命令を受けて九段坂にある東京少年保護観察所に出頭した。管轄移送手続が数人の係官の起立礼儀のくり返しの中で一方的に行なわれた。次兄は何もいわず従えというので、N少年は怒りをこらえているのみであった。新宿担当の中年の女性観察官に会わされ、彼女は日曜日毎に来てくれというので、N少年は、クリーニング店の店主が謝らない限り一切協力できないと話し、その日は帰った。

観察所へ行くべき日曜日、二十歳になる朝鮮人女性で看護婦をしている、N少年が「姉さん」と呼んで親しんでいた同級生と、銀座へ行き、「007」シリーズの映画を混み合った館内で立ちながら見ることで、反抗した。翌日、N少年はこの女性に、高校の担任の先生あてに「母が死に田舎に帰る」云々とウソで書きあげた手紙を託し、休学届を出した。そして、もう少しで夏休みという頃に、牛乳店も辞めた。そこから逃げたのであった。

これが、第一回目の定時制入学の結末であった。

当時のN少年は、自分のことしか考えられず、その辺に飼われている利口な小動物たちよりも劣った人間であった。反省する勇気も内省する方法も知り得ず、努力を向けるべき目的もなく、ただ「学校」だけがすべてであった。N少年の周囲には、一人として労働を愛する人生を教示し、学校へ行かなくとも安い良書を日々少しずつ勉強すれば、人生を有意義に生きていけることを知らせる者が存在しなかった。そして自分が、社会にとっての、「少年ルンペン・プロレタリアート」という存在であることも、完全なまでに自覚できない盲動者であった。人生の敗北者であった。

青森の母親のもとへ逃げ帰ったのは、杉並区宮前の牛乳店においての入学後であり、その翌春のことであった。

N少年は無知の泥沼でもがいているしか能がなかったのである。

あの学校へ行かせる気を起こさせた東大生は、留置所にいたときの話の中で、N少年が苦しまないで死ぬにはどうしたらいいか教えてほしいといったら、「酒を飲み海へ飛び込んだら一発で死ぬよ」と言ったものであった。

——きれいな海で死のう。

と念仏でも唱えるように、N少年はくり返し考え込んでいたのだった。

海岸通りの店で、ビールの小ビン三本とウイスキーの小ビン一本を買い求めた。

そして、なるべく人のいない海岸でと思い、その場所を探し歩いた。人影が目につき、なかなか歩を止められなかった。

疲れが溜ってきていた。とにかく、ここだと思う海辺の砂浜に腰を落とした。

N少年は酒が飲めなかった。オヤジが酒飲みでダメになったと聞いていたので、飲まないように自分自身と約束していたのだ。そのため、いつぞや日雇い仲間に、仕事の帰りの立ち飲み酒屋の前で、「オレの酒が飲めねえのかよ」とすごまれたことが何度かあった。それも加わって、仲間外れにされることが多かった。

この日、生まれて始めてビールの小ビン三本を一気に飲んだ。それだけでもう胃が痛み出し、空き腹にギンギン応えた。そして何度もゲーゲー吐きまわった。酒しか吐き出す物がなかった。ウイスキーは半分も飲めず、鼻からもダラダラと吐くように流れ出た。苦しみだけがそこにあった――。

――あの東大生はウソをついたのだ。

と叫び出しそうになった。

少しも酔った気分にはならなかった。

暫くの間、気を落ち着かせるために、海を見た。

死ぬ勇気が湧いてこなかった。

勇気づけるために次兄に電話し、自殺することを告げその上でやろうと考えた。

海辺とは反対方向に歩きだした。フラフラしていた。

近くの公衆電話から、東京池袋駅前の喫茶店に、まるで年中無休のようにレジスター係をして勤める内妻に、次兄への伝言を頼もうとして電話をかけた。

これから自殺するということを話そうとしたが、なかなか言い出せなかった。受話器で、彼女の店内の呼出しアナウンスなどでよく聞いた、薄弱な人のような声を耳にしたら、セツ姉さんを思い出し、さらに自殺するということはいえなくなった。N少年が彼女に同情していたのは、次兄がプロパチの遊び人をして、ヒモのような生活をしていたことに対してのものもあったが、なによりも呼び出しアナウンスの薄弱な人のような声から、強くセツ姉さんを思い出し、可哀相になったことからであった。セツ姉さんは精神病院を出たり入ったりしていた人であった。

N少年は、次兄への伝言として、葉山海岸にきていることと、次兄がいまどこにいるかということを話しただけで、電話を切った。

浜辺に戻った。そして、砂浜に座り込むことしかできなかった。

海があまりにもやさしすぎ、N少年の身体を飲み込んでくれなかった。足がすごく重く感じた。

深い溜息を吐いて横になった。空の青さが目に沁みて涙がにじんできた。

どうしたらいいのか分らなくなっていた。

眠ったのだろう。次に目が覚めたときには、夕陽がまぶしすぎた。

死なせてくれなかった。——心が。——体が。

夜、重い足をフラつかせて横浜に戻った。

数日後、次兄のアパートへ行った。

次兄は、内妻あてに電話をかけたことを、

「へんな電話かけてきたそうだな」

と言った。

それからの次兄は、内妻とN少年の関係を疑い出したようだった。

次兄が内妻を問い詰めるなかで、その内妻は言うのであった。

「そんなオカマみたいのと」——

N少年は、この言葉を聞き、彼女にセツ姉さんの面影を求めていた感情がガラガラと崩れ壊れるようなショックを受けた。

この「オカマ」云々の言葉は、それまでに童顔であったことから言われたことがあったが、それよりも日雇い仲間に「筆おろしせえ」といわれて〝女郎買い〟に行き、相手の女の性器を見て、やる気をなくし、三千円払ったものを五百円返されて、同情されたことから、

——オレは男として不能なのか。

と悩んでいたときでもあったので、それが二重のショックとなったのであった。

以後、

——人が死のうとしていたものを。

と思い、次兄と内妻を憎むようになった。それがN少年を一層孤独にさせた。

田舎にいた頃、次兄がN少年にリンチを加えて、そのために度重なる家出をしたが、その後遺症から次兄を物凄く恐れる面があった。しかし、そのような考えしか示さない次兄

が非常に情けなくなり、自分自身がどんどん惨めになっていくようだった。

次兄の所にもう来ないという思いを残し、悶々として横浜へ戻った。

――オレの死が、その予告が、なぜ男と女の関係の電話になるのか。

――オレの命とはそんなもんだったのか。

――そうだ。お前の命は小さいよ。

――いつか見たあの波間に浮かぶ猫の死体と同じモノサ。

――そうか、そんなものだったのか。

自分で自分をどんどん惨めに考えていくことしかできなかった。


沖仲仕の仲間からも孤立してゆくしかなかった。

足指の怪我の直後、会社の本常備になれるようにその幹部からいわれたが、N少年は態度をあいまいにしていた。そのうち労災保険の件などから本名を知り得たのか、手のひらを返したように冷たくなった。過去の密航などの前歴がバレたのか、船内の仕事をさせず、岸壁の仕事が多くなった。川島組の幹部や半常備の連中も、N少年を毛嫌いしだした。

ある日、川島組では顔役の中年男に、面白半分に白い大きなクラゲを顔に投げつけられたN少年は、チカチカ痛むことから怒ったが、かえってその連中からからかわれた。

「二十二歳」と何かにつけて言われるようになった。少年であることが分ったためか。また、ドヤに泊まらず、野宿していたことも知られてか、

「橋のした」

と、組の連中からも馬鹿にされることが多くなっていた。

夜のチャン街では、番長グループの女や、自分よりも年下の少年たちからも馬鹿にされることが多くなった。

その一方で、自分自身に対する怒りが増長しだしていた。日雇いも厭になっていたが、なかなか二万円がたまらず、日雇いをやっているしかなかった。

厭気だけが溜まりすぎてか、横浜にいられない気持になっていた。

夏のおわり、N少年は川崎の寄せ場にいた。

二

川崎駅前の大通りの一方を真っ直ぐ行くと太い国道に出る。その四つ角を越えてすぐに川崎球場がある。

川崎球場と職業安定所の通りを両側にして、この二つの建物に挟まれるように体育館や

テニスコートの間に小さな公園があった。

この公園には、朝方、夥《おびただ》しい数の日雇い労働者が屯《たむろ》うことになっていた。その界隈の朝方は、横浜の寿町や桜木町駅前の野毛あたりと同様に、日雇いをはじめとして、それにまとわる者たちがゴッタがえしていた。

川崎は横浜よりアブレになることが多過ぎた。朝方の四時頃には、もうその付近の道端は、真新しい菜葉《なっぱ》服を着用した者から一目で乞食かと思う身なり同然の者たちをはじめ、彼ら日雇い相手の露天めし屋、インスタントラーメン屋、にぎりめし屋、などの屋台とか、職安所の脇に軒を連《つら》ねる定食食堂などを営んで生活している者や、なお肝腎な何々組の肩書をもつヤクザの手配師、そして仕事場まで日雇いを運ぶさまざまな型の車など、その他もろもろで、祭り騒ぎの雰囲気のような観をかもし出していた。それは、さながら魚市場ならぬ〝人身市場〟の観を呈していた。

しかしながら、ここでも登録した上で、職安所から日雇手帳をもらって仕事に就く連中は少なく、ほとんど登録手帳なしで日雇いをしている人たちが多かった。そのため、逸早く少しでも良い仕事にありつきたいことから生ずる競争が、この場所でも厳然としてあった。

N少年は、以後一生日雇い稼業をやって行こうなどとは考えてもいなかったので、もちろん登録手帳なぞ取るつもりがなかったし、また、そのような必要がないままに、その日その日の仕事にありついていた。そしてこのことに関しては、不安を少しも持つことなく暮らしていた――むろん、若かったためも多分にあるが。

日雇い仲間――もちろんその場かぎりのものであったが――の話では、〝良い仕事〟にありつくためには、その登録手帳を持っていた方がいいといわれていた。だが、よっぽど律儀で、まだ〝土方〟と云われるまでにくずれ落ちていない限り、それを焦って取る者はいなかった。もっとも大半は〝前科持ち〟のためか、不利と分っていても役所に出向くのは煩《わずら》わしく億劫《おっくう》でそうしているのかも知れない。

そういう理由もあって、N少年には、連中のいう〝良い仕事〟なんぞにありついたことがこの川崎ではなかった。また、その手帳を持っていない日雇いが多いこともあって、たとえその〝良い仕事〟があったとしても、連中はよほどの〝ダチ〟仲間でなければ、その話をしないのが通常となっていた。逆に、〝良い仕事〟だと言われて仲間に誘われる場合、連れて行かれた仕事先がそれとは全然正反対に重労働であったり、仲間を誘った本人だけが、〝良い仕事〟であったりすることが多かった。そのような場合、仲間たちの間では、それらの口実に乗った方が「悪い」といった風習もあった。

その〝良い仕事〟とは、出面《デヅラ》が高く、労働時間が短いのと昼めし付き、そして重労働でないことである。この日雇いという力仕事の中で、はたからみたら労働条件が厳しいものであるのに、その上さらに重労働が生き残っているのだ……。それは、日雇いにとって〝神経使いすぎる〟ことも加味含有されていた。――〝丸通〟の仕事は一般にその重労働の見本といわれており、当時、日雇い仲間に一番嫌われていた。

　さまざまな思惑がぶつかり合っていたこの川崎の寄せ場での、ある日のことであった。突然、N少年の背中に声をかけた者があった。パリッとした背広服を着用した四十歳ぐらいの中年の手配師が、――いつものように、仕事は何々でデヅラはいくら、昼めし付き、云々と物凄い早口でしゃべるのであった。

　N少年はその当時、日雇いのなりたてと一目瞭然たる格好をしていたので、あるいは、彼ら手配師の「カモ」といわれていた「学生アルバイト」と思われる格好をしていたので、手配師に声をかけられることが多かった。その最初の頃は、声をかけられたらすぐ「お願いします!」とはりきって言っていたが、なれるにつれて、回避しなければならない手配師などの存在を体験していた。

　そのような経験から、このパリッとした背広服の手配師は、地下たびもはいていなかったので、どこかの中小企業から来たものだと思った。以前にも、大工場の一角で仕事をしたことがあったので、この男も多分プレス工場か何かの、要するに中小企業の人手不足のために、こういうところへ来ているのだろうと思ったのだ。

その時、N少年が仕事の内容を訊いたら、男は、「プレスだ」と短く応えた。

N少年は、疲労気味であったこともあり、少しデヅラが安いと思ったが、「プレス」ならそう力仕事にはならないという〝常識〟が仲間のあいだにあったし、そしてとにかく執拗にすすめるので、その手配師に一日の仕事を任せることにした。

一応、「お願いします」、と軽く頭を下げて——。

それから、その手配師は、少し離れた道端にギッシリ駐車している車群の中に置いたファミリア・ライトバンに、N少年を案内して連れていった。

その車の中には、ひょろっと痩せて背丈が一八〇センチメートルぐらいある二十五、六の男が、運転席で、新聞を大きくひらいて読んでいた。当時、N少年は背丈のことに否応なくコンプレックスを持たされていた。なぜなら、日雇いに屯するまわりの連中を見ると、N少年より皆頑強そうで、背丈がN少年よりも五センチから十五センチぐらい高い人ばかりであったからである。そのため、背の高い者には敏感であった。日雇いになって間もなく、とくに川崎では日が浅すぎたこともあったろう。

N少年は、そのファミリアのライトバンの後部座席に乗った。

背広服の手配師は、あと二、三人探して来るということを、その運転席の男かN少年かどちらかには分らないが、とにかく言い残し、再びゴッタがえす人の波のなかにその姿を消していった。

車内にいた男は相変わらず新聞を黙読し、N少年には一言も話さなかった。

当時、それがまた普通のことだとN少年は思っていた。また、N少年自身も、殊にこの日雇い連中の荒さを思って誰とも話したりすることがほとんどなかった。甘い面を見せるとすぐつけ込まれ、欺されることが多かった。そしてある日、仲間だといっても、土方仕事は一日限りで一ヵ所から離れるのが当り前だから、小さくても金を貸したらそれっきりだと思っていたほうがいいと、老いた人から教えられた。実際、心から親しめる人々ではなかったのだ。N少年は、そのような状況で欺される毎に荒れすさんでいった。

それから十五分から二十分くらい経って、例の手配師は、三人の男を連れて戻ってきた。そのうちの一人は、車に乗るなり、新聞を読んでいた男に向かって、

「俺が運転してやろうか？　道さえ教えてくれたら出来るぜ、免許持ってんだ」

と言い、その気がある素振りを見せた。

新聞を読んでいた男は、進行方向に向かってN少年のすぐ左側に座った免許を持っていると言った男に、こちらを向いて、

「いや、いいよ」と短く言った。その顔はあの背広服の手配師にとてもよく似ていたので、N少年は兄弟だろうかと思わずにはいられなかった。

その免許証を持っていることを示した男と、前座席の左側に座った鉢巻きをし地下たびをはいた男は、N少年と背丈と体格はどんぐりの差であったが、もう一人の後部座席の左側に座った男は、すぐ元ヤクザと分る印ともいえる、額に五、六針ぬった傷痕があり、鳶職風の服装をしていて、これから運転して仕事場に連れて行く新聞を読んでいた男と背丈は同じくらいであり、第一印象は誰が見ても頑強そうな体格をしていると感じる男であった。

これから使われるこの四人の中で、N少年は、一番若いのと、日雇いの成り立てだということが一目瞭然であった。それは、「アルバイト」の印と仲間が言っていたズック靴をはいていたためでもある。

六人の便乗したファミリア・ライトバンは、目的地へ向かって走り出した。途中、車内の雑談に先ず思いいたったのは、他の三人も具体的な仕事内容は訊いていなかったらしい。そのような雰囲気に四人がなってきたので、一見紳士風な例の手配師は、「ダンボールの積み下しだ」と答えた。

右に何回か曲がり、左に何度か曲がり、二、三十分も経ったろうか、そうこうしているうちに車は河の堤防下のアスファルトの道路に出て気持よく走った。道路は一直線に河の堤防づたいに沿っていた。――どうやらこの河は多摩川らしいと感じさせた。一度通ったことがある記憶を呼び醒ましたが、それはすぐ終らなければならなかった。六人が乗った車は、その道路を少し進行すると、土堤道に上がり、そしてすぐ土堤下に降りた。――車は止まった。

六人は車から降りた。日雇い四人は、その周辺を見た。あたりは二、三十軒の家屋が雑然と肩を抱き合うように建ち並ぶ部落があった。一目で汚穢《おあい》した所と体感させる貧乏きわまる部落であった。

――汚ねえどころだな!

と、N少年は思わず叫びたい気持になった。あわや口元まで吐きにかかったが、「若造めが」云々といつぞやのように言われるのを恐れて、むっつり黙り込むしかなかった。

元ヤクザ風の男は、言った。

「なんでえ、朝公だったのかヨ。しようがねエところへ来ちまったぜ、皆どうする」

と、N少年を入れた三人を眼で求め、半ばやけ気味に怒鳴るように言った。

N少年と同じくらいの体格の二人は少し考えていたが、例の手配師だった男に、

のだ。

「俺は残る」

と異口同音に言い、彼らにつづいてN少年は、

「俺も」

と言った。N少年は懐に五、六百円しか持っていなかったので、そのまま帰れなかった

元ヤクザ風の男は、

「朝公なら、朝公と言いやがれ！　一日パアになっちまったぜ。……バス代くらい出せよな」

と、背広服の手配師だった男を睨み、挑むように言った。

手配師だった男は、

「とにかく、事務所まで来てくれ」

と答え、その方向を指で差し示した。

そして、ヤクザ風の男と手配師だった男と運転手だった男の三人は、車が止まっている

ちょっとした広場から見えるその部落では一番新しいと感じる二階建ての家に入っていった。

N少年とあとの二人は、その車の側で話し合ったが、それから思うには、彼ら二人もあ

まり持ち金がないので残ったらしかった。
五、六分経った。背広服を着た男が、N少年たちのところへ戻ってきた。それから、例の元ヤクザらしい男は、どうにか話がついたのか知らないが、こちらの方を振り向きもせずに、さきほどファミリアが降りて来た土堤道を登って行き、そして足から段々と消え去っていった。
戻って来た手配師だった男は、仕事場へN少年たち三人を案内した。そのファミリアの停車した所はちょっとした広場で、駐車場も兼ねているらしかった。その広場から、道幅が五、六メートルある通りを百メートルほど行った所に、これから仕事するという「工場」があった。その「工場」の前も少し広場になっていた。数多の大型トラックの轍《わだち》が、ぬかるみとなってその広場にあった。その工場の出入口は河と対面していた。工場には、シャッターも、扉もなく、初めて見る人には、工場の内部が暗闇を押し込めているようだった。この工場は、部落のなかでは一番大きな建物であった。そして、その広場を囲むようにして粗雑なバラックの家屋が寄せ集まって並び建っていた。

自動車の運転免許証を持っているといった男は、その部落の助手を相棒にして小型トラックを運転し、早くもどこかへ行き、仕事についた。

あと一人の二十五、六歳ぐらいに見える若い男は、もう一台ある大型トラックの助手と決まった。このトラックもどこかへ出て行った。

　これらは、例の手配師だった男が決めたが、残されたN少年は、その工場で働くのだそうだ。馴じめない「工場」であった。

　その「工場」には、早くも一人の図体のでかい大男が、たった一人であっち来こっち来しながら、モーターのスイッチを入れたり切ったりして、せわしなく物凄い馬力で働いていた。

　その男に、背広服の手配師だった男からN少年は引き渡しでもされるように紹介され、これから一緒に仕事をするかたちとなった。三人いたのがぽつんと一人になったので、N少年は何かしら不安感を持った。手配師だった男は、「事務所にいるから」という言葉をその場に残して立ち去った。

　そこにいた図体のでかい大男と小男のN少年とが、その工場で仕事をはじめるわけだ。その大男は、はじめのうちは何もしなくてもいいから見ていろということを言った。そう言われても、一応仕事に来たんだからと自分にいい聞かせて、とにかくN少年はやれる範囲で、すぐその大男に従うように手伝いはじめた。

　仕事の内容はいとも簡単なものであった。

だがこれがまた、ハァだ——一回やってみたら大変な重労働だと、N少年の全身は体感した。

大男の説明によると、トラックで運ばれてきたボロ紙などを、四方八方から圧縮し、丁度、廃品自動車を圧縮して真四角の金属箱にするように、紙の真四角な箱を作るのだということであった。ただ紙と自動車のちがいがあるだけだというのだ。

その大男が、モーターのスイッチを入れると、工場内は騒音の渦となり、耳に何らかの障害がおこるのではないかという心配をつのらせた。——しかし、それは馴れるに従って何でもないように感じた。

その圧縮機械のそばに、工場の一角につまれている山からボロ紙が入った大きな麻袋を運び出し、機械の箱状の空間へそのボロ紙ないしクズ紙を入れる。その後でころ合いを見計らって、はじめ耳に障害をおこすと思わせたドンドンという音とともに二回ほど横から圧縮し、そして次には真上からドンドンと一回押しつぶすと、さまざまな紙クズだったものが真四角になって、機械の脇の方へ出てきた。それを工場内の適当な空地へ運ぶのがN少年に与えられた仕事であった。

N少年は、見よう見真似で一回やってみた。その重いことといったらなかった。大変な所へ仕事に来てしまったと後悔したが、これは毎度ありィのあとの祭りであった。そして、このような所へ来てしまったことから生まれた興味心と、この部落の人たち、とくにすぐそばで一緒に働く大男への対抗意識みたいなものが起こって、〝ケツ割り〟だけは避けようと、その真四角に出来上がったものを四、五回運んでいるうちに早くも思った。まるで格闘でもしているように、一回運び終えるつどにその思いを強めていた。

一緒に働いている大男は、N少年に最初要領を教えたときだけ口をきいてくれたが、その後は黙してまったく語らなかった。

N少年は、休む暇も与えてもらえなかったが、一緒に働いているその大男を見ていると、

――それにしてもよく働く男だ。

と強く思い、そして、その強く思ったことを口に出そうかとも考えたが、それはできなかった。そのようなことを言う暇さえないくらいに、その男もN少年もめまぐるしく動き働いていたからである。それは、例の真四角な紙の固まりを機械のヤツメが、容赦なくどんどん吐き出すからでもあった。

ボロ紙はトラックに満載されてやってきた。そして、その荷物を下ろす作業も、N少年は強制的にやらされるはめになった。

トラックはその工場に、午前中小型が四回ほど、大型が二回、ボロ紙の入った大きな麻袋を車体よりも目立たせてどっさり運んできた。一つの麻袋には大体二十キログラムほどさまざまに断裁された紙クズが詰め込まれていた。小型トラックは、満載状態でその麻袋

を五十個から七十個ぐらいまで積み込んでくるが、大型トラックのほうは、丁度その倍ほど積み込んできた。

一緒に働いていた大男が命令したわけではないのだが、彼は車が着くと率先してその麻袋を下ろす作業をやったので、N少年もやらなければならなくなったのだ。

大きな麻袋というのは、丁度、大人が二人くらい詰め込める大きさであった。そして、その袋の中の紙クズを例の機械へ五、六袋入れると、かの真四角な紙の固まりが出来上がるわけであった。この重い紙の物体がどれくらいなものかを訊いてみたら、「六十から八十キロある」とのことであった。N少年はびっくりした。普通の大人の体重よりも重いものを、大男は、軽々と持ち上げるように工場の適当な場所に処理してしまった。N少年は、それを見て半ば驚き、半ば恐ろしく思わざるを得なかった。そんなこんなと考えめぐらす間にも、怪物のように一つ一つに個性がある紙の固まりは、次から次へと産み出された。仕舞いには考えることさえテンポが亀の歩みとなった。それまでにいろいろな〝人足〟仕事をしてきたが、この仕事は骨がひん曲がってしまうのではないかと思わせるほどの重労働だった。疲労と困憊はますますつのり、その紙の固まりが増蓄されればされるほどに、N少年の荒れすさんだ若い心情に蓄積の産量は増し進んだ。

そういう事情もあって、また、仕事が単調な上に重労働であったため、

だった。

「昼めしにしようや」

と、大男に言われたときには、N少年の腰をはじめとする身体は天国にでも昇ったようだった。

その男は、例のように、

「食堂はこっちだ」

と、短く言って、N少年を急ぎ足で追従させた。人が行き交いするには背中か肩を触れないでは通れないような細い露路を、右に二回曲がり、左に一回曲がって、二人は歩いて行った。そして、その左に曲がった細道の二軒目の所に、食堂があってくれた。とにかくあってくれた。そこに辿り着いた時には、足はガクガクして自分の足でないようで、腹は歩く度毎にグーグー鳴るようであった。おそらくどんなヴィーナス的美人が声をかけて誘惑しようとも、「わしゃ、めしよ」と断わったことだろう――と思うくらいの空き腹であった。

その食堂は、五畳間くらいの部屋に、一目で粗末な自家製と判るテーブル二台と、その両側に長椅子が四個あり、ベニヤ板の壁の両側に固定した飯台と、長椅子が二個あり、確かに食堂にはちがいないが内部が暗すぎて不潔感が湧いてくるところだった。ベニヤ板の壁を見ると食事ができないような感情をも与えた。その木造の小屋といったほうが正確な

「食堂」は、黒々として煤《すす》けた暗さをもっていた。そこでの食事は、まるで深海魚がモッサリムシャリとエサにパクつくように思わせた。その部屋には裸電球が、丁度二つのテーブルの中間を一番明るく照らしていた。しかし、むしろ昼といえば太陽、——その太陽の光りのほうが、そのはだか電球よりもはるかに明るかった。そして、外から照らす陽射しは、密集した家屋の軒々を越え射して、食欲をこの部落の人たちに増すようにさせているようだった。

「めしは好きなだけ食えや、おかずは、その辺にあるものを、どれでも好きなの選んで食ってくれよ」

と、大きな釜から丼にめしを詰める手を休めず、背をN少年に向けながら、大男はそっけなく言った。

仕事のときは黙して語らないし、食事のときはこれだ。若い少年はよっぽど午前中であがろうかと、それに身構えて思った。

が、——めし、これから食おうとするめし、それをはっきり認めたN少年は即座に思いついたことを消沈させ、それをきっぱり断念させてしまった。なぜか？　それは、N少年の過去を鷲づかみにして眼前に突きつけるようで困惑を生み出すものであった。そのめしとは、麦めし、であった。田舎で食った、麦めし……。

N少年はそれを見ると、「むっ」とうめき、憤怒する一歩前の心情になった。

——こんなもの食えるか！

と叫び出しそうになった。だが、それはできなかった……。

その感情の中を突き出るように、この麦めしは、N少年の故郷、青森の生活を思い起こさせ、何かやる瀬ない気分にさせた。苦々しい汁が心に流れるようであった。直前に心の中で叫びかまえた言葉の石は投げつけられず、N少年がどんぶりにその麦めしを入れたときには、ほんの少しも残っていないような思いがした。

N少年は、その麦めしを食べた。

——うまい。

最初の一口目が喉を通り過ぎるその時、そう感じた。——重労働のせいかもしれない、N少年の貧しくて殺してやりたい思いにかられる青森時代を想起させたためかもしれない。それらはとにかくとして、うまいと感じ、そしてまた、努めてそう思い、食おうとした。

それから、このとき、この部落全体のバラック屋根、屋根が忽然と思い浮かび、のみこむその食べ方とは逆様《さかさま》に、うまい、うまい、と胃袋に納めていったのであった。

そのめしの味よ。——

めしは十五分ほどで食い終えた。

かの大男は、N少年が一膳しか食べないのを見て、言った。

「遠慮するなよ、麦めしで悪いが食えるだけ食ってくれ。……午後疲れるぞ」

と言ってくれたが、N少年は煙草が吸いたいからといって断わり、さきほど来た露路を工場の方へもどって行った。

その途中で考えた。午前中は煙草を吸う一服の時間もくれなかったのだ……。N少年はまるでロボットのように働いていたわけだと思い至った。そんなことをぶつぶつと考えているうちに、「工場」前の広場に着いた。

さっそく、煙草に火をつけた。このときには、『ポールモール』という洋煙《ようもく》を喫っていた。これを、――というより煙草を吸いはじめた理由は、他の〝人足〟たちが大概安っぽい『シンセイ』をチビタになっても吸っているそのみじめったらしさを見て、すごく反撥を感じたことにあった。当時のN少年にとっては、その金の高い洋煙が何かしら気分を和《な》いでくれる唯一のものであった。

その付近の風景を見て、思うことは別になかった。すでに汚い場所にいるということが、そしてさきほどの食堂での思いが、N少年をしてこの部落に馴致させたのかもしれなかった。

その洋煙を二本吸い終わろうとする頃に、例の大男が「工場」にやって来た。と同時に、またもや、黙するままに、あの機械のモーターのスイッチを入れた。そのうなる音響は、まるで昼休みの終わりを告げるサイレンを思い起こさせた。そしてそれは、N少年を自然な動作で煙草の火をもみ消させ、仕事に着かせる合図となり、またもやN少年を大男に従わせるものとなった。

そうすると、ものの二、三十分ぐらいしか休息しなかったことになる。もちろん、めしを食った時間を入れてである。どうしても大男は、N少年に〝ケツ割リ〟をさせようとするのかと思わずにいられなかった。それで抗議しようと考えた。が、その男は、すばやく先手を打つように言った。

「昼からは気楽にやってくれ。もう少し経ったら二、三人ほど学校からあがって手伝いにくるからナ」

N少年はこれに、

「あっそう」

と言った。それ以上の言葉が見つからず、また話す必要もないように思えて、「助かった」と言ったその後の言葉は、口の中だけのものになってしまった。

午後の一番先に広場に現われた車は、大型トラックだった。

朝一緒に来てその車の助手となった男は、

「東京まで行って来たよ。これの運ちゃんの話では、こっちのほうは大変なそうだ」

と言い、つづけて、小声で、

「デヅラ上げらせろ」

と言ってくれた。そしてその助手の男は、荷をゆっくり下ろし、二十分くらい後にその広場から車とともに再び消えて行った。

この大型トラックは、N少年が帰るときになってもその後には現われなかった。それから後に、工場の時計で二時十分くらい前になると（これは後で知るところとなったのだが、二十分かっきり遅れていた）、大男がいったように高校生と思われる二人の少年が、作業服を着て仕事を手伝いにきた。

そのうちのN少年より少し背丈が高いほうの少年が言うのだった。

「へー、今日は若いの来てんだね」

「ああ、何か知らんけどよく働いてくれるよ」

と、今まで黙して語らなかった大男が、明るく思われる語調で言った。

N少年は褒められたわけだ！　N少年はそのときこう思った。——たとえ人種は違っても、見るところはやっぱし見てくれるんだと、そう思うと、それまでの陰鬱な居心地の悪い心がぱっと何かに照らされたような気持になった。嬉しくなった。萎縮していた心持が一遍に何か大きな太陽を浴びたような気持——それは、朝日の大きいやつを見て気分が晴々とする、そんな気持——にさせるものだった。単純といってしまえばそれまでだが、とにかくすごく嬉しい思いにさせた。

それからというものは、大男が約束したように仕事は楽になった。それまで一人で運んでいた真四角になった紙の固まりは、手伝いに来た二人のN少年と同年代の少年たちが、N少年と一緒になってはりきって運ぶので、それはいう必要がないほど楽ちんな仕事と化した。

N少年と同じぐらいの体格の高校生か中学生かは知らないが、とにかくその一人の少年は、

「どこから来たの?」

と、N少年に真面目な顔つきで尋ねるのであった。

「川崎」

と、N少年は短く答えた。そしてそれ以上の話をすることを拒むように、例の紙の固まりを運ぶことに力を精一杯そそいだ——まるで、何かを忘れるために力果てるまで走るかのようにである。

その「工場」は、鉄筋の骨組みで出来ており、側面の中段までブロック塀の造りで、ち

ょっとした建物であったが、工場内の機械類や装備品は旧いものであった。工場の敷地は二、三十畳ほどの広さであった。河の方面から見て、つまり入口方向から見て、右側にその機械が置かれてあったが、その機械のある所の敷地だけセメントがしいてあった。それ以外の敷地は地面であるが、場馴れをしなければ、紙クズが散らばっているために見分けがつかなかった。そして入口から見て左側の広い地面に、例の真四角になった紙クズの固まりを、整理整頓の見本よろしく積み並べていた。その仕事が進むにつれて、高さ十メートルくらいもある屋根裏に紙の固まりは接近した。

N少年は、五時までとの約束で来たので、その頃にはもう直ぐ終わるという安堵感に誘われて心は浮き浮きものであった。そのような心持になっていたので、N少年は哂《わら》いながら言った。

「あの屋根に手がとどくようにしようぜ」

「よしゃ、やろうぜ！」

と二人の少年たちは力強く同調した。

そうだ。N少年はこの時、ここに来てははじめて笑ったのであった。

そのとき、朝から一緒に仕事をしていた大男のほうを何の気なしに見ると、——彼も眼で笑っていた。

N少年の眼と大男の眼はその時、一緒に笑ったのであった。それ以降、N少年の内面をあっち来こっち来していた居心地の悪さは段々と消えてゆくようであった。

機械を動かす男と、二人の少年たちと、N少年の仕事のリズムはピッタリと合ってきた。その時を境目に、我々は一緒に仕事をしている、ということだけしか念頭になかったようだった。仕事ははかどった。

しかし、それもN少年としては待望の、その工場の時計で、五時二十分前になるとちがってきたのである。

その部落の少年二人は、その五時二十分前になると、何か用事があるのか、例の大男に断わってこの工場から姿を消し去っていった。

その時、丁度、小型トラックが到着した。

例のように麻袋を下ろすのであるが、N少年はあと二十分間だと思い、物凄いラストスパートを彼らの前に見せることになった。

「すごい馬力だな！」

と、免許証の男は、N少年に向かって大声で言った。

その頃には、その重いと感じた大きな麻袋も、重いとは感じなくなっていて、むしろ軽いような心持で下ろしていた。

それから後に、免許証の男は、デヅラを上げるそうだからもう一走りしてくると、N少年に言い残し、すぐ車を出発させて出て行った。

工場の時計で五時になった。

朝から一緒に働いていた大男は、黙々と仕事を続けていたが、N少年は、五時までの約束で来たことを手短かに話し、帰ると言った。

「あれっ、六時までの筈じゃないのか？……何時も来る連中は六時までと決っているんだぜ」

と言って、大男は手を休めた。

「何時も来る連中はそうかもしれないが、俺、五時までだというから来たんだ。それに、昼間だって休んだか休まなかったのか分らん時間しかくれなかったじゃないか」

と、N少年ははっきり言った。

その男は、暫くN少年の眼を睨みつけた。そして言った。

「うむ、……ここは、小さいからそれは仕方ないんだ。じゃ、どうだ、もう二時間くらい残業しちゃくれんか。デヅラはずむぜ」

「駄目だ。こういう仕事してたって俺だって用事があるんだ」

と、N少年は少し鼻息を荒くして応えた。

じめた。


「一時間でも駄目か」

と、その男は尋ねかえしてきた。

「俺、五時までだと言ったから来たんだ。だからもう帰る」

と言って、N少年は「工場」内の敷地からその前の広場の地面に出た。そして、クチャクチャになった箱から『ポールモール』を一本取り出して、ライターで火をつけ、吸いは
「デヅラ、あんたくれるのか？」

「いや、事務所へ行きな」

と憮然たる表情をし、大男は、何かもっと言いたいらしい態度をとった。

暫く大男とN少年は、真向かい対面になって睨み合った。が、その男はため息を一つ大きくつくと同時に、そのいかり肩を少し下げたようだった。そして、その男は、言った。

「事務所、知っているんだろ」

「朝、背広服の人が入っていった家だろ」

と、N少年は問い返した。

「ああ、あすこに奥さんかあんたを連れて来た人がいるはずだ。その人からもらってくれ」

と言うなり、その男は、N少年に背を向けて再び仕事にとりかかるのであった。

そのところに何かを感じたが、疲労感がN少年を支配していたので、もうここにいるのが厭であった。

N少年は、洋煙を吸いながら、汚穢した細い下水道が真ん中にある露路を、何かしら厭な気分を抱いて歩いていった。この露路が、またもや青森の田舎の生活を思い起こさせ、自己嫌悪の念を与えた。そうして歩いているうちに早くも、事務所とやらの家の前に着いた。

真新しい外観のよい二階建てのその事務所の玄関はあいていた。

吸っていた煙草を捨て、足でもみ消し、その家の中へ入っていった。

「あのー、仕事終わりました。デヅラください」

と、戸口を入るなり、少し大きく声を出していった。

すると、奥さんらしい人がまず出てきた。

「あらそう、それはどうも御苦労さん。ちょっと待っててね」

と言うなり、また奥座敷に引っ込んでいった。

ほんの少し経つと、例の手配師だった男と奥さんらしい人とが一緒に出向いてきた。

その男は、顔は同じだったが、アイロンをかけた折目のある作業服を着こんでいた。

N少年は、そのことに関して何かを感じたが、頭のなかではコトバは何も浮かばず、その男の鼻のあたりをきょとんとして暫し黙って見ていた。その男はセメント土間におりながら、

「ちょっと待てよな。すぐ金やるよ、二千円だったな」

と言うなり、その男はサンダルをつっかけて外へ出て行った。

「そこに腰かけて待ってなさいな」

と奥さんらしい人は言った。

事務所とは、玄関を入って三畳ほどの広さの場所に、大きな机がまずあって、そして書類か衣服用のロッカーがその机の真横側に置かれていた。その事務所の窓は、さきほどまで働いていた方向にあり、その窓から夕陽が射しこんでいた。

N少年はその奥さん――多分そうだろう――の言うままに、机の側に三つある肘掛けのちょっと豪華にうつる椅子に腰をおろし、ふかりという音とともに座った。

そして、奥さんのほうは突っ立っていたのを止めて、座敷の畳に正座し、N少年と面合わせに座った。

「疲れたでしょう」

と、口元に笑みをたくわえて彼女は言った。

「ええ、ひんどかった」

と思わず、N少年は本心を言ってしまった。

奥さんは、その言葉を黙殺するかのように、

「お茶を入れましょうね」

と言って、女の物腰というのであろうか、とにかく、そういう風な動作で腰をあげた。

その言葉を聞いて、N少年は少し驚いた。日雇いに入って間もないが、こんな人間味のある言葉をかけられたのは、これがはじめてだったからである。

N少年は少しドモりながら言うのだった。

「い、い、いやいいです。すぐ帰るから」

(本当はそうしてもらいたかったのだが)

「あらそう……」

と、あげ腰の姿勢でいい、木製のサンダルをはいて土間におり、N少年の腰をおろしている椅子の右脇のほうに、ロッカーのそばに置いていたどこにでも見かける木製の丸い椅子に、彼女は座り直すのであった。その人をよく見ると、化粧のしていない一重のすんだ瞳が、窓からはいり射す光のなかで綺麗に輝いて見えた。鼻が少し高くて、美人だなと感じさせる人でもあった。年齢は三十歳前後だろうと思えた。

N少年は、手をおく場所に少し戸惑って、

「あのー、煙草吸っていいですか」

と、一応了解を求めた。

「あら、そんなことぐらい。さあ、どうぞどうぞ」

と言って、N少年のそばにある机の上にあった灰皿を、彼女は近づけて置き直してくれた。

「じゃっ」

と言って、N少年は吸いはじめた。

その奥さんは、クチャクチャになっていたにもかかわらずN少年の煙草が外国製であることに気付き、暫くN少年の顔を黙って見ていた。

そして、彼女は言った。

「めずらしいタバコ、お吸いになっているのね」

「えっ、うん、ちょっとカザリのために」

と、N少年は少し照れ哂いして言った。

と奥さんも哂った。そして、彼女はN少年に訊いてきた。

「あなた幾つなの」

この質問は、今までに何度聞かれたことであったか……。

「二十二歳です」

と、答えたら、

「じゃ、学生なの？」

と、彼女はまた尋ねた。

N少年は、燻る煙草を深く吸いながら、そしていっきに吐いて言ってやった。

「前はね……」

「そう」

と、奥さんは言った。眼は哂っていた。

とその時に、例の手配師だった男がもどって来て、玄関口に足を踏み入れるなり、

「よくやってくれたらしいね。……ところで、残業やってくれんかね？　二時間であと千円出すよ。全部で三千円だ。どうだやってくれないか」

ときいてきた。その男の眼は真剣だった。

N少年は、その残業をするといやでいやで殺したくなる気持にさせる青森時代の過去を想起させたあの「食堂」で、再び麦めしを食うことになるのを思い浮かべて、言うのであった。

「さっき工場で一緒にやってた人も、そう言った。でもちょっと用事があるから……」

と、N少年は言い、その男の眼を見た。

「朝一緒に来た連中もまだ帰って来てないが、もうすぐ来る筈だ。……どうだ、それまででも、頼むよ」

と、その男は、同情をさそう顔で言った。

「俺、朝の連中とは今日会ったばかりで関係ないですよ。六時までに帰らなきゃならないんです」

と、語調を少し強めて、N少年は言った。

「そうか……じゃあ仕方がないなア」

男はそう言って、そばでこのやりとりを聞いていた奥さんに、手下げ金庫を取りにやらせた。

暫くしてから、奥さんは、両手でその金庫を抱いて持ってきた。そして両腕を伸ばして、金庫を例の男に渡すのであった。

「よくやってくれたらしいから、……二千円のところ、三百円余分にやるよ」

と言って、その男は金庫を開けた。

「えっ、本当ですか！　そりゃ、どうもです」

と、N少年は思わず声を高くして歓んだ。

その男は、金庫の中で、両手で金を数え、紙幣ばかりで、その日のデヅラ二千三百円をくれた。これで大体一般の日雇い賃になったわけであった。

その時、なぜともなしにその金庫を覗いたら、余りなさそうな感じをN少年に与えた。こんな部落だから、そう見えたのかもしれなかった。

その五枚の紙幣はクシャクシャであった。一瞬、N少年はむっとなった。が、それでも金は金だからと思った。その金を両手で受け取り、ズボンの右側のポケットの底に収めて、そしてその手を出し、それからそのポケットの上をその手で触ってみるのだった。

N少年は、もらうものをもらったと思い、早くも洋煙を片手に、その場を去ろうと椅子から立ち上がった。

「明日も、あの辺にいるかい？」

と、その男は、N少年と視線を合わせて言った。

「分んない」

と答え、N少年は逸早く歩を進め、玄関に向かうため背を向けた。その背中に、手配師だった男は、言った。

「また何時か頼むよ！」

N少年は、それにはもう答える気持は全然というくらいなかった。疲れきった重い足どりで、朝方に降りて来た土堤道を登っていった。そして、河の堤防の上の道を、バス停留所まで歩くのだが、N少年の足にはそれさえ億劫に思えた。足はパンパンに張っていた。肩がすごく重かった。

その足どりを、二千三百円の金だけが軽くさせて歩かせた。

その部落から、二百メートルほど歩いたろうか、そこまで離れたところに、帰りのバスの止まる標示柱がはっきり見えた。

そこまで歩いて来たら、ヘナリと腰は堤防の草むらに座りおちてしまった……。

そして、すぐさま近くにあった小石を、あの部落の方向へ思い切り投げ捨てた。もちろん、とどく筈がなかったが、N少年にとっては、それが一日の重労働に対しての精一杯の慰めになった。それでも、無性に悲しくなった。

その部落は、青森の田舎の貧しい生活を想い起こさせ、怒りと悲しみが、あの仕事場の動きのようにあっち来こっち来させた。あっち来こっち来は〝土方〟の習いだが、心までもが〝土方〟の苦い味がする思いがあった。

そして、ごく自然に、小さい頃に田舎の映画館で、「オンボロ部落」という映画を見たことをボンヤリながら思い出し、その歌を口吟んだ。

「〽ボロボロオン……ボロ部落の……」

とまでしか疲れた頭には思い出せなかった。その唄を口吟んでいると、さらに怒りと悲しみの奴らが、どっちもどっちでケンカしているような気分になり、一層疲れてきた。腹がへった――。

空き腹が鳴った。それが、その心の中のケンカをやめさせ、憤りは沈んできた。

この土堤に、N少年を座らせてしまったのは、その空き腹だけのためではなかった。

この部落の人々への同情とも、隣憫ともつかない思いが、自分自身の悔しさとたたかっていた。

――俺より下がいた。

という何かしら言いようのない自己確認と反撥とが争って、思惑を複雑に混乱させてゆくようであった。

そして、疲れて座っただけではないことも、頭のなかで分っていた。

バスは、空き腹をかかえた男にはなかなかやって来なかった。

照る夕陽を見ていたら、さきほどの奥さんの美しい瞳が忽然と思い出された。あの奥さんは美しかった。しかし、この奥さんとは正反対なところにいる女性との出会いも思い起こさせた。

その日も、例の寄せ場から日雇いの仕事にありつき、臨海工業地帯の大工場の一角に、何々組のマイクロバスは着いたのだった。

手配されて仕事場に行った。ドライアイスを厚い紙で包装し、ベルトコンベアーに流す作業が、その日の仕事だった。二人のおばさんと、中年の男の日雇い、そしてN少年と、もう一人いた——ドライアイスの排出口にいて、はじめは顔面の左半分しか見えなかったので、その横顔の目はきれいだったが、右半面がアザか何かでケロイド状になっている若い女性がいた。二十代後半であったろう。その醜いアザは、その女性がN少年に作業用の厚い石綿詰めの手袋を手渡してくれたときに気がついた。彼女の方は、N少年の左頰に四、五センチの長さでケロイドになっている火傷の痕を見たようだ。それが縁でか、仕事の要領を何かと親切に教えてくれたが、口がきけないのかと思い込むほど無言無口であった。それは一緒に働いていた中年の男の日雇いと二人のおばさんが、まるで仕事をそっちのけで話し合っていたので、そう感じたのであろう。しかしおばさんたちも手を休めていなかった。それにも増して、そのスカーフの花柄で左半分の顔を隠しながら作業をしている女性は、みんなよりも要領よくてきぱきと仕事をしていた。その仕事場には不似合いな白いブラウスに黒いスラックスを着て、彼女は何かを忘れるように作業をしていた。白いブラウスの下の方にはピンク色を主調とした花柄がちりばめられていた。

彼女は仕事の中で、時々N少年をチラリと見ていた。その瞳は美しかった。そのアザがなければ相当の美人であったろう。

彼女は、時々N少年に何かを訴えているような目をしていた。

昼になり、食券を労務課の若い係の人からもらい、大きな社員食堂で定食を食べた。そのときも、彼女の目は少年に何かを訴えているようだった。

――恋人はいるのかな。

と、そのときN少年の念頭を過《よぎ》った。

しかし、彼女は話しかけてこなかったので、N少年は見すごしていた。

午後からの仕事中も、彼女の方を何気なしに見ると、そこに彼女の目があった。それで、N少年がその目と合うのが恥かしくなって今度は下向きの目をするようになった。

仕事は夕方五時に終った。

労務課へその日のデヅラをもらいに行った。彼女たちは社員並みなのか、そこへは来なかった。

それで、その彼女とも、お別れとなった。

一度だけの所が、川崎の日雇いでは多かったが、そのドライアイスの仕事もその日一日きりのものとなった。そして、その女性とも再び出会うことがなかった。

あの片面ケロイドの女性は、どうしているのか。

目前の部落のあの奥さんの瞳と片面ケロイドの女性の瞳は、とても美しかった。――さわってはいけないくらい清かった。


夕陽は大きくなり、落ちてゆく――。

バスはまだやって来なかった。

にぶく夕陽に照らされたトタン屋根の屋並みや、あの「工場」の黒っぽい屋根が、バラックの家々が小さくなって見える――N少年は、ただ茫然と見ていた。

土堤道は、対岸と同じように、下流のほうへも、上流のほうへも、長く遠くつづいていた。

あの部落のある場所は、河の内側にあって、密集していた。その河の堤防の外側は、田畑や雑木林も見えてのどかであった。

そののどかさが、河の外側にあると感じる分だけ、N少年にはそれが何かしら悪いものであるように映ってきてしかたがなかった。そのように思う心の波間の底には、N少年の反撥心が根強く作用していたのかもしれなかった。

しかし、それがどこからくる反撥であり、どこへ向かう反撥であるのか——。それは得体の知れないものだった。丁度その土堤が堤防としてあることは確かだが、これがどこからN少年のいる場所につながり、どこまでつづいているのかがはっきりしなかったように——。

目前の部落の朝鮮人たちが、どうしてこの河の内側に住むことになったのか、まるで肩先を寄せ合い犇めき合いながら生活するようになったのか——分らないままに、石を投げつけ、あげくの果てには黙ってその部落の貧困を極めた姿を見ているしか、N少年には能がなかった。そして、現在の自分自身がどこにいるのか、——不明なままに、土堤の外側の世間と内側の部落とを見比べるように眺めていた。

土堤の外側には、夜があった。寝床をトラックの荷台の上などに探さなければならない、寒さが増してきた夜があった。

土堤の内側には、明日の重労働が待ち構えているのだ。あの部落に厳存する貧しく苦い生活が過去からわき起こり、その過去の生活をひきずり歩いていかねばならないのだ——。

そのとき、N少年自身は、己れが人生の土堤っ端に立っているのだという自覚が、まったくなかった。

しかし、怒りだけは青白く炎をたてて、ますます確実に積み重ねられたのだ。

夕陽は空を焼いて急激に落ちていった。

バスが上流方向からユラユラと近づいてきた。化け物かと瞠目して見るまで、自分が乗るべきバスであることが分らなかった。気づいて土堤を駆け降りて行った。

空き腹が鳴り響いていた——。

なぜか、アバシリ

一点を瞬《まばた》きせずに見つめきることは、苦しくて難しいことだ。そこには、物事の道理の新陳代謝がなくなるからである。しかし、その見つめつづける訓練をしてゆくと、最初の困難さは消えて馴れがその苦しさを忘れさせる。そして、限界が遠のく気分にもさせよう。苦しい過去を見つめつづけるおりにも、このことはいえる。それに拘わりたくない気持が強くても、それを考えたくなくても、意識と無意識の狭間《はざま》が失われるようなときに、その一焦点がなぜともなしに浮かびくるのだ。

この世に三十数年生きてきた。分別盛りの世代といわれている。本人も、ようやくまわりにいるより若い世代の人たちの長所と短所や、こういうことではああなるなどの判断がもてるようになってきた。

以前にはどうしても解けなかった物事の道理が見えるようになってもいる。その日々の中で、いつしか己れの〝アバシリ〟へ心の旅をすることが多くなっている——。

本人、大事件を犯した十九歳をもって外社会、いわゆるシャバ世界と遮断《しゃだん》した生活を送っていることから、なおに少年時代との羈絆《きはん》が断れないのか。その檻の中の暮らしはすでに十数回目の正月を迎えていたが、ペンを持つ手と心の先には〝N少年〟がかつて住み込み働きをしたときのような心が宿ってきている。

N少年はその命を必死に生きていた――。

あの過去よ。N少年は、次兄に激しいリンチをうけて家出をした。N少年が小学校の二、三年頃の出来事であった。次兄に撲《なぐ》られて鼻血をたれ流す都度に、N少年は空《す》き腹を抱えて家出をした。

次兄が中学を卒業して集団就職列車で上京するまでの間、それはN少年が小学校四年生になるまでの間だが、彼は二十数回にわたって家出をした。小は暴力を恐れて家に帰らなかったり、大は町そのものから逃げるものだった。そのうちの十数回は町から出る汽車に乗ってのものだった。その中には、青森、函館方面への家出があり、それは十回ほどであった。それでしまいには、家出先の駅員にもN少年の顔は覚えられて目敏《めざと》く発見されることが早くなりもした。

北海道の網走がその家出の目的地であった。当時、そこへ旅するにしても、そこで暮らすにしても、厳しい寒さと生活苦が待っていたであろうが、N少年にとっては網走が憧れの地であった。家にいるよりも、その地がとても懐しくかつ温かに思えてしかたがなかったのだ。その頃、大人たちは、満足に家出をする理由をN少年から聞こうともせず、また深く心の中に入って探そうともせず、ただ叱りつけるだけであった。それが彼の家出を一層昂じさせることにもなった。

その家出を盛んにしていた頃、N少年が「セツ姉さん」と呼んで慕っていた長姉が網走のどこに住んでいるのかさっぱり分らなかったが、その地にいるという思い出だけを頼りにN少年はそこを目的地にしていたのだ。それは、セツ姉さんへの小さな懐しさを強く抱いての家出であった。当時、N少年には家から出たらそこへしか行く処がなかったのだ。

北津軽のリンゴの町からの家出は、次兄が禁足した小学校の学芸会をN少年が禁を破って見に行ったことから始まった。次兄が禁足した理由は、貧しすぎた衣類と彼の幼い自尊心が雑多な束縛《そくばく》感情をつくり、そこから起ったのだろうが、N少年にはズボンが破れていたり袖口が鼻汁でテカテカ光っていたりすることが、どういうことを意味しているのかを分りようがなかったのだ。

その時、N少年は小学校の講堂の舞台上でなされる演芸を、講堂の一番後ろの窓の外から見ていた。だが、講堂内にいる人たちなどにとっては、彼のその見物の仕方が目立ちすぎたのだ。後日、そのことが町の噂となった。これが次兄のリンチを呼ぶことになった。次兄は、その噂を聞きつけてくる度《たび》にN少年をテロるのであった。その一週間というもの、N少年はメシもろくに食わせてもらえず、撲《なぐ》られ蹴られて、鼻血をたれ流し、気絶したときもあった。激しいリンチであった。人間サンドバッグとは何かを体感させて分らせるテロルであった。

一方、母親は、夕方に魚の行商をしてやっと家に着くなり、再三再四いつも泣きついてくるN少年を見るにつけ、毛嫌いをしだした。そして、N少年に家事の手伝いを以前よりも重くすることしかできなかった。母親は女手一つで子供七人を育てていた。N少年にとって父親は物心ついた頃から不在の人であった。

その母親の冷たすぎる言動が、N少年には優しかったセツ姉さんへの思慕を一層つのらせた。そのような合乗感情が頻繁《ひんぱん》に網走を目指しての家出をさせた。

初めての家出は、青森から連絡船に無断乗船して函館に渡り、その函館よりやや北上した「森」という駅までのものであった。

その時まったく金を持っていなかったN少年は、まず列車の車掌から鉄道公安官へ、それから警察署へ、そして児童相談所へと引き渡された。そのようにして家出先で保護されたのであるが、初めのときから母親は仕事で忙しくて引き取りに来なかった。その代わりに親類の「トタン屋のおばあちゃん」と呼ばれていた人が、その家出先の保護されたところにその都度N少年を引き取りにきた。

そのようにして家出先から家族のもとに帰ったN少年には、次兄によるさらに激しいリンチと家事の手伝いが待っていた。皹《あかぎれ》などはまだ序ノ口の負傷であった。

当時、次兄は背丈がN少年と比べて倍以上もあったので、N少年はいつも格好のボクシングの練習サンドバッグとなっているしかなかった。世にいう「兄弟喧嘩」なんぞはお伽話の世界でのもので、常に腹を空かせている餓鬼《がき》の世界では闘争といったほうが納得する。N少年にとっては、次兄のリンチに対して家出をするしか逃がれる術《すべ》がなかったのだ。後年、これが「逃避癖」となって表われることにもなるのだ。

次兄が上京する直前の頃には、同じ長屋の近隣の人たちやトタン屋のおばあちゃんの忠告があってか、あるいはその他の事情によってか、次兄によるN少年へのリンチはほとんどなくなっていた。それとも、N少年の頻繁をきわめた家出による抗議が、次兄の暴力を止めさせたのだろうか。おそらく、これらの要因すべてが重なり合って、リンチが中止されたのであろう。

以来、N少年は、不当なテロルには負けたことがない。テロルに対しては、必ず相手に何らかの仕返しをする根性が心身に居座ったようだ。

家出の目的地である網走には、N少年が五歳頃まで住んでいた。住んでいたといっても、おしまい頃には置き去りにされたのだ。

母親という人は、次姉と、まだ乳飲み児でN少年より三歳下の妹と、妹と同い年の姪で長男が定時制高校の同級生に私生児として生ませて母親が育てていた児の三人だけを連れて、北津軽の実家へ逃げ帰ったのであった。その時網走には、中学生だった三姉と、次兄と、小学生であった三兄と、そして五歳のN少年が置いていかれた。長男は寄りつかず、父親とともにまったく不明であった。凍《しば》れる季節から翌年の春までの六ヵ月間、この置き去りにされた四人の子供たちだけで、死に物狂いの網走生活がなされたのだ。

上の三人の姉兄は、新聞配達や鉄屑《てつくず》拾いなどをやり、必死に食うための努力をしていた。その間N少年はほとんど一人で遊んでいた。

N少年は、腹を空かせてよく泣いていた。近所の子供たちに棒で叩かれて泣いていた。痛みだけが残っている空き腹を抱えて泣き叫んでいた。

強く記憶に残る網走暮らしの一つに、乞食のような食べ物探しがあった。

三兄と一緒に港に行き、陸揚げをされた魚群のあとに落ち残るおこぼれを、よく岸壁の上を歩きながら拾ったものだ。それはN少年の掌《てのひら》くらいの魚だった。三兄は、そのN少年が拾う魚を捨てろというのだが、N少年はそのくらいの大きさの魚しか拾えないのだ。三兄はしまいには諦《あきら》めたように何も言わなくなった。そして三兄は一人で黙々と魚を拾って竹籠に詰めていた。

ある日、次兄と三兄とN少年の三人が、誰もいなくなった山の手のほうの公園へ出向いていき、その辺でなされた宴会のあとに散らばり残されている食べ物を探し歩いていた。折箱のおかずの食い残しを拾って食べるのだ。しかし、この時、三兄が何かを次兄に言って食うのを拒み、次兄とN少年だけがモグモグとよく口を動かして食べていた。

さらにある日、三兄に痛いほど腕を引っぱられて歩くN少年がいた。その二人は、港に近い造船所らしい付近の砂浜で鉄屑拾いをしていた。三兄は、かなり真剣な顔つきで周囲を見渡し、鉄屑を竹籠に入れ込んでいた。そこでか、その帰り途《みち》でか——。

三兄は、N少年の両肩に手をおいて、

「オレたち、捨てられたんだ」——

と言ったようであった。

それをN少年は、鉄屑のことかと思って、拾った物をなんでまた捨てるというのかと思った。そして、三兄を上目使いにきょとんとした様子で見ていたのだ。

N少年にとって、その三兄の言葉が、別のことを言ったものであったということをなかなか分らないでいた。三兄の真剣な顔立ちだけが心に残っていた。その記憶が判然としたのは、父親がズボンのポケットに十円玉一コのみを残して野たれ死にした葬式の時で、それから八年後のN少年が中学一年生の冬であった。

あの網走よ。上の二人に言いつけられてのことか――。

三兄とN少年は、港の近くの川に架かる長い木橋の真ん中まで歩いていった。

三兄は、言った。

「ここで待っていろ」

それで、N少年は言われたままに待っていた。

欄干にぶらさがって遊ぶN少年がいた。長い間そこで待っていた。

しかし、三兄は来なかった。

他の誰も来なかった。

そして、大きな自動車が震動とともに轟然とやってきた。その橋をゆらして通りすぎる自動車は、N少年に恐さを残して去って行った。その後は再び長い間だれも来なかった。

その場所で「迷い子」になったようである。

N少年は、三姉、次兄、三兄の三人によって布団を体に巻かれて息苦しくなり、「助けて、助けて」と哭《な》き叫んでいた。あれは、N少年が寝小便をした罰としてやられたものか、それとも他の理由があっての罰なのか――。とにかく、死ぬほど苦しかった。

その頃には、彼ら三人が替わる替わる食べさせていた彼らの学校給食のパンの半分を、N少年に食べさせられなくなっていたのだ。

ある時、N少年は、姉兄三人が学校にいる間、一人で遊んでいることが多かった。

ある時、近所の子供二、三人と遊んでいた。そして、チクワ工場の前で、その子供らの母親たちが、それぞれ自分の子供にチクワを与えた。しかし、N少年には誰もチクワをくれなかった。それから、一緒に遊んでいた子供たちの手をそれぞれの母親らが手を引き、N少年とは遊ばせない位置に連れ去って行った。N少年はチクワを食べられずに指をくわえて見ているしかなかった。その時、N少年は何か悪い事をしたのか——。

網走での生活を思い出すと、はっきりしているものにはほとんど良い事がない。痛みとなるものしか思い出さないともいえる。

しかし、そのはっきりとした苦味を覚える思い出のもう一つ向こうがわには、苦しい日々がつづくと、湧き出るように迫りくる記憶があった。

北津軽の暗いリンチの家から逃げ出すN少年には、網走で体験した苦痛の湧き出る思い出とは別に、それより以前に体験したセツ姉さんがN少年のそばで一緒に遊んでいてくれたことが何かしら忘れられなかった。

N少年が家出を頻繁に繰り返していた頃、現実のセツ姉さんは網走の精神病院で治療を受ける日々を過ごしていたのだ。

当時、家族の誰一人として、N少年にその事実を教えるものはなかった。N少年がセツ姉さんの話をすると、彼らは厭《いや》な顔をするだけであった。母親や兄たちは、そのこともあってN少年を毛嫌いをしたのか――。

N少年には、網走でのことだが、その丘の坂道をのぼった所にある精神病院へ行った記憶がある。それは、セツ姉さんがN少年を「オンブ」して連れて行ったのだ。

その病院へ着くと、白衣の男の人と白衣の女の人たちが、セツ姉さんとN少年の前で、何かしらオロオロした姿で動き回っていたのだ。おそらく、白衣の人たちは医師と看護婦であったのだ。その時、ずい分長い間、セツ姉さんの背中で「オンブ」されていたようだ。

また、それ以前のことであったろう。そして、セツ姉さんがまだそのような病いで入院していなかった頃のことだ。

網走湖畔の岸辺でのことだろう。そこで、N少年は無心に遊んでいた。

大根のような野菜が波打ち際に一つあった。それに小さなエビがいっぱいいっぱい付いていた。N少年は、こわごわした思いで、その小エビを指で突っついたりちょっと触《さわ》ったりした。すると、小エビはぴょこぴょこ飛びはねた。N少年も少し驚いた。——そのそばでは、セツ姉さんがいてN少年を見守っていたのだ。

また の日、網走海岸と思うが、「帽子岩」とセツ姉さんが繰り返し教えていた岩壁が、その浜辺から見えていた。

砂浜一面に白い貝殻がキラキラと散らばっている海辺であった。その波打ち際で、N少年は、白い貝殻と友だちであるように何かを話して遊んでいた。——そのそばに、セツ姉さんがいて、N少年を見守っていた。そこには、凪《な》いだ海がひろがっていた。

それらの思い出は、後年、N少年をして海への憧憬をつのらせるものとなった。

網走から北津軽に移ったN少年には、ほとんどいいことがなかった。

N少年は、中学校を五百日以上「ズル休み」をしながらも「情けで卒業させてもらった」と思えと先生がたが言う中で、「社会人」として世間に出ることになった。だが、それは「形式中卒」で学校を出ることを教師らがごまかすためのものであったのだ。

とにかく、それでN少年は上京したのだ。そして、学校から会社へN少年が卒業直後に犯したセーター窃盗事件の非行を知らせていたため、上司との人間関係がうまくいかなくなって、N少年は六ヵ月目にその会社を辞めた。

その直後に、N少年は香港へ密航した。

それから二年後にも、二回目の「密航未遂」で捕まるのだが、その時はフランス船に無断乗船したものであった。実際は自殺するための逃避行の末で起こった事件であった。N少年は、神戸港から横浜へ向けて出航したその貨物船の内で発見され、横浜の海上保安庁に保護された。

その時、事情聴取をした係官は、N少年に言ったものだ。

「おまえの住んでいた津軽は平野のまん中で、海がないだろが。それなのに、なんでまた海が好きなのか」

その時N少年は十八歳になったばかりであったが、なんで海が好きなのかを言葉にして説明することができなかった。

分別盛りの現在ならば、その深層心理が分析できる——。

それは、肉親のうちで唯一人だけ、N少年に優しかったセツ姉さんとの思い出が、網走の海とつながっていて、N少年が世間から冷たくされるほどに思い出すからであったのだ。

セツ姉さんは、N少年とは十六歳ほど年齢が離れていた。彼女は現在でも心を病み、精神病院を出たり入ったりしている人であった。

母親が言うには、セツ姉さんは「失恋」のためその病いに罹《かか》ったとのことだ。だが、実際は、父親のエゴと乱暴が、母親のエゴと非力さと無知が、そして、セツ姉さんのエゴと優柔不断が、具体的にいうと、彼女が歌手になりたいための進学熱と親たちによる阻止、つまり貧困の苦しさが生み出すエゴイズムが、セツ姉さんの恋人への過剰欲求となり、その不適合を表出したのであろう。

「犯罪者」もそうであるが、「精神病者」は、家庭内不適合、公教育不適合、現社会不適合の三要因が合乗して発生する。そして、この三つが同時に一人の人間に発現することが少ない。だから、「犯罪者」も、「精神病者」も一国家内では少数者となるのだ。「精神病者」といわれる人は、「精神病」を悩んではいない。彼らは、自分の個々の不適合になる物事を悩んでいて、現社会における不適合を表出している自然の人たちなのだ。

N少年は、母親になかった優しさを、過去の思い出の中のセツ姉さんに求めて憧れていたのである。そして、実際の母親に対するアレルギー症状がN少年の心に強まれば強まるほどに、その〝母〟らしくあったセツ姉さんへの憧憬をつのらせたのだ。

本人はいま、十九歳の春から檻に暮らして十数年になるが、以前には不明確であった少年時代の心理を分析し浄化（カタルシス）ができるようになっている。

その浄化作業の一つに、それらの拘泥する感情を昇華するための詩作があった。

アバシリ　海岸
想い出の　走りし渚よ
ああ　アバシリ海岸
行きたい心の
切つなさよ

アバシリ　海岸
旅する心　誘う浜辺よ
ああ　アバシリ海岸
行きたい心の
切つなさよ

アバシリ　海岸
胸燃える　恋しき潮騒よ
ああ　アバシリ海岸
行きたい心の

切つなさよ

この詩は、未完のままだけれども、愛する妻に送ったもので、題名を「アバシリ海岸」とした。

N少年は、五歳の時に網走を離れて北津軽のリンゴの町に移った。そこに母親たち肉親が住んでいたからである。以来、一度も網走へは行ったことがない。

網走へは行こうとしても行けないシャバ時代であった。その地がN少年にとっては、ほかの兄、姉、妹たちとは異なった体験をしなければならない地名となっていた。

生まれ落ちたその日から、N少年にとっては生涯忘却することができない地名となっていたのである。

その事実が分ったのは、大阪守口市の駅前にある米穀店に運良く拾われて勤めていたときであった。店主が、N少年に戸籍謄本の提出を求めてきた。それは、「どこの馬の骨ともわからん」ということからであると、後日、同僚の口から聞くことになった。

N少年は、北津軽の母親の所へ戸籍謄本を求める便りを出した。

母親は、考え込んでいた割にはいやに軽すぎる書類を一通送ってきてくれた。

N少年は、その戸籍謄本自体を初めて見るのだが、激しく驚愕《きようがく》させる文字がその短い文面にあった。

「出生地」――

「網走市呼人村番外地」

と、そこに記入されていた。その文字が鉄の棒で作られているようにも思えた。

その頃、高倉健主演の『網走番外地』という刑務所シリーズの映画とその主題歌が、大流行していた。

N少年は、母親を介して町役場に「番地を付けて下さい」と必死に頼んだが、まったく相手にされなかった。

その戸籍謄本は、N少年のいた部屋の机の奥深くに隠すべきものとなった。主人に提出できなかったのだ。

ある日、主人からその催促があった。手渡すのをためらっているうちに、奥さんが部屋を掃除すると称して、その中で机の引き出しを調べて、戸籍謄本を見つけたようであった。

N少年と同《おな》い年で、鹿児島県出身の「セイちゃん」と呼ばれて〝与太郎〟的に親しまれていた同僚は、中学卒業後、この店の〝番頭〟の立場にある二十一歳の人の親類として、勤めていた。このセイちゃんが、ある日の昼休みに、店内の米俵に腰をかけて、古いギターを弾いた。そのギターは、少し前に店を辞めていった二十歳の男に譲《ゆず》り受けたものであった。彼は、まったく曲が弾けないのに、でたらめにギターから音を出し、真似だけは高倉健で『網走番外地』の主題歌を、途切れ途切れに息を切らしながらも歌うのであった。

そして、彼はいった。

「お前、網走番外地で生まれたんだってな」

と、蔑《さげす》んだ眼で、N少年を見つめていった。

これを聞いたN少年は、びくんとして佇《たたず》み、俯《うつむ》くだけであった。

その後、『網走番外地』の主題歌は何回か耳に入ってきた。しかし、N少年は、その歌をまったく覚えるつもりがなかった。むしろ耳に入れることを積極的に拒絶したのだ。

だが、そう考えれば考えるほど耳にからみついてきた。

〽春に追われし花も散る

〽キスしけキスしけキスぐれて

〽今日はだれだれ名はだれだれ

とか、の歌詞が、断片的に耳に強く入って残るものとなった。その意味がほとんど分別できないままに心に刻み込まれたのだ。

N少年は映画が好きであったが、その『網走番外地』シリーズの映画は一本も見に行かなかった。その映画のポスターに目を合わすことさえ避けていた。

N少年は、こんな大阪の水には馴じめなかった。〝前科者差別〟とは何かを、初めて肌身に教えてくれた大阪であった。「骨まで愛して欲しいのよ……」という歌が流行っていた頃、その大阪の地を去り、東京に移った。N少年が十七歳になる前後のことである。以降しばらくは、戸籍謄本や保証人を会社が求めると、N少年は給料も貰わずに逃げ去る日々がつづいた。

現在、戸籍謄本を本籍地の町役場に求めると、その「出生地」の項をして、「網走市出生」とのみ記入し、「番外地」は消されるようになった。

彼ら市民は、このことが本人にとって、何もできなかったN少年と、抗議する手段を持った〝N少年〟、つまり「網走番外地生れ」を武器にできる〝N少年〟とに、二重の差別になっていることを、知ってか識らずか——。

あのN少年の苦悩した「網走番外地生れ」は、いまではそれらの思惑を超《こ》えて浄化している。「なぜか、アバシリ」と題する詩が、そのことをいつの日にか証《あか》してくれるだろう。

世間の棘《とげ》に逃げて流されて
色もなく鈍く
やけにそこだけ光ってる
それが浮き世と知らせてか
胸の痕《きず》が今日もうずく
人生の果てよ
ああ　なぜか　アバシリ
春が遠い
凍れる北の果て
ああ　アバシリ
生れの里よ

引かれて行くのか呼ばれて行くか
音もなく誘う
避けてとおれぬ港町

それが宿命《さだめ》と覚えてか
時刻み明日に忘れて
此の世の影よ
ああ　なぜか　アバシリ
冬がつづく
凍れる北の果て
ああ　アバシリ
生れの里よ

（1983・5・1）

かの〃N少年〃を超えようとする詩情が生れているということだ。
いま、セツ姉さんの失恋を知り、多くの下層社会の若者の失恋の悲哀さを知り、N少年は自分の中学卒業直前の惨めに終わった初恋となったわけも知り得た。
それらの「貧しきものの恋」を浄化するための気心をもうたえる心情を、心のアバシリへの旅は育てたようだ。

あきらめましょう

添えぬ恋
悲しみが燃えるよな
そんな心の切なさを
わかりますか　あなたには

あきらめましょう
去りし恋
悲しみが燃えるよな
乾く心の切なさを
わかりますか　あなたには

あきらめましょう
消えし恋
悲しみが燃えるよな
尽きぬ心の切なさを
わかりますか　あなたには

中学を卒業しようとしていた頃、同級生のオサムに、N少年は「誰が好きなんだ」と尋ねられた。周囲の同級生のグループと同様に、N少年のいたグループにも〝初恋ゴッコ〟が始まり、一時N少年も熱をあげた。その結末は、少年たちの予想をはるかに越えて惨めに終ったものが多かった。N少年の場合は、金持の才媛とクラスでいわれていた同級生で、あとで一人娘と分り、対照の差がありすぎたので最も惨めな失恋をグループ内ですることになった。祖母と母親の三人家族であったが、オサムが電話をかけて伝言したこともあって、親が中学校の担任の先生を通して注意してきたのだ。実に貧しい初恋体験であった。

それから、さまざまな人々との出会いがあり、N少年も自他の多くの失恋を見聞したり体験をした。それがまた、より深くセツ姉さんの病いを理解するものにした。

これからも、本人は書いてゆくだろう――未だ恋を知らぬ貧しき若者のために、恋を失くした人たちのために。

N少年にとっては、網走にまつわる思惑は、さまざまな創作心情や悲しみを思い出させたりするものとなっている。

空《す》き腹を抱えたアバシリ
網走番外地生れ
絵葉書のカラーの網走

この四つに、……実際の「網走」がある。人々が、生活のために汗水を流したり、多くの人々の喜怒哀楽がある実生活の網走がある。

N少年が考えていた「網走番外地」として有名な刑務所の所在地と自分の「出生地」とはまったく関係のない土地であったが、シャバで生活していたときに、このことを自覚するには精神が幼なすぎた。しかし、その気苦労だけは〝網走番外地〟出身者に等しいものといえよう。それは、〝前科者差別〟を心身で体験したからである。

そのためか、『無知の涙』という本人の公刊本の読者が、獄中生活が四、五年目になった頃であったが、網走付近の風景を知らせるために絵葉書をプレゼントしてくれて、それを受取って見たとき、心のN少年に合わなすぎる思いをもった。それがN少年の体験したアバシリのイメージとあまりにも異なっていたからであった。

絵葉書に見える網走の一コマ一コマが、明朗すぎてキラキラしすぎて、まるで一片として貧苦を体験したことがない別世界に見えた。カラー写真の一枚一枚が、何一つ不自由のない土地に見えて、N少年には、「苦労のない網走に、ようこそ！」といって楽園を描いているようであった。実に軽すぎる網走がそこにあった。それで、その網走は心のN少年にはただただ反撥を感じさせるものでしかなかった。――それは、まるで、糞をしているイキミ姿をしっかりのぞかれた美婦人が、それを目撃した当人をいつしか忘れてしまい、当人にシナをしゃなりしゃなりと作って、綺麗《きれい》なテーブルをはさんで向かい合って見合いをし、彼女が当人に〝ザーマス〟言葉を使って気に入るように努力をしているような気分にさせるものであった。

網走には、厳しい仕事場、厳しい人間の生と死、厳しい寒さ、厳しい暮らし向き、などはないのかと反撥を呼び醒ますものであった。

それらを知っていると体感していた心のN少年には、カラー写真の網走が、自分の体験した過去が幻想であったのかと思わせるので、どうしても馴《な》じめなかった。

心のN少年には、「観光用網走」は肌に合わなかった。そして、無理に合わせてもしかたがないことだと思い、カラー写真の網走の向こう側にある実際の網走を知ろうとした。

その実際の網走は、本人と同様に、三十余年の歳月を経過してきているのだ。種々様々な変遷があって当り前であるのだ。

N少年が、心のアバシリを視ようとしたことから、そこに余計な幻想が生起するのだ。

まず、ありのままの網走を見るがいい。

そして、そこに過去の網走が再現されたとしても、それはN少年の心のアバシリとは異なったものとなろう。さらに、たとえ実際の網走を視たとしても、N少年の心のアバシリは消え去ることがないだろう。

また、「網走番外地生れ」を差別する社会、「前科者」差別を当然視する市民社会で、偏見をもった市民の眼があるかぎりは、N少年の心は、「網走番外地」に拘泥しつづけることになろう。

あの網走港に近い川に架かる木橋は、N少年にとっては非常に長いものであったが、実際はどれくらいの長さがあるのか。

いつか知りたい。

あの流氷が見える網走は、心のアバシリにつながっているのか、それとも、空き腹を抱えたアバシリにつながっているのか、未だわかるようで分らない気持にさせることが実にしばしばある。

これらは、いつか充分納得して識《し》るであろう。

やがて何もかもが、分る日が来るだろう。
生きていれば――。

解説

佐木隆三

一九九〇年四月十七日、最高裁第三小法廷が「連続射殺事件」の永山則夫被告に対する判決公判を開廷したころ、わたしは旅行に出て列車の中にいた。八三年七月八日に最高裁第二小法廷が東京高裁の無期懲役判決を破棄・差し戻したときから、結果はわかりきっている。そういう判決が出る日に東京にいたくない。だから旅先で、ひたすら酒を飲み続けたが、いくら飲んでも酔えなかった。

しばらく新聞を読まずに過ごし、もう構わないだろうと拡げた『朝日新聞』の「声」欄に、「命の尊さ問う死刑判決思う」と題した投書が載っていた。団体役員である五十五歳の女性は、「天、人ともに許されざるものとして、死刑はやむをえないと思う」と、最高裁判決を支持している。

その一部を引用したい。

《世界の動きは確かに死刑制度の廃止に向かっていよう。ならば、殺された者の立場はどうなるのか。声なき声を聞く立場の側も、同じように考えなければ公正ではない。

永山被告の文学を高く評価し、その特異な作品が死刑という国家の裁決で中断されることを惜しむ声も分かるが、文学はそれほど万人にとって必要か、文学にそんな特権があるのか。

永山被告の犯罪を生んだ原因に貧困や家庭的事情があったであろうが、四人もの生命を理不尽に奪ったことには、どんな理由も適用しない。生命の重さとは、そのようなものであるはずである。》

この日、『木橋』の解説を書くつもりでいただけに、重苦しい思いで読んだ。しばらく考えたが、自分も「声」欄に投書することにして、規定に従って郵送した。

わたしの「声」が、紙面に掲載されるかどうかはわからない。そこで、自ら引用することにする。

「連続射殺犯」の文学について　　東京都　佐木隆三（小説家　53歳）
四月二十二日の『声』で、「命の尊さ問う死刑判決思う」を拝読して、感想を述べさせて頂きます。

一九八三年春、わたしは新日本文学賞の選考委員として、永山則夫作「木橋」を積極的に推薦いたしました。「無知の涙」を読んでいたので、「演説する永山則夫は嫌いだが、小説の原形をここに見た思いがする」と選評に書きました。

八一年八月の東京高裁判決で死刑から無期に減刑され、「生きる」ことの尊さを知って小説を書く気になったのです。それは同時に、自分の犯した罪の深さを心の底で感じ取ったからだと思います。

いったい自分は何者なのか。どのように育って来たのか。それを問い続けているのが、「木橋」以来の彼の作品です。自分を見つめる鏡として、文学と向かい合っているようです。文学は万人にとって必要なものではないし、特権を有するものでもありません。ただ、あるとき必要になって、文学によって「生きること」の重みを知る人もいるのです。

むろん、「四人もの生命を理不尽に奪った」者が、「生きる尊さ」を知ったからといって、死んだ人は生き返りません。だからといって、国家が殺して済むのでしょうか。わたしは法廷で、「早く死刑にしろ」とうそぶく複数の被告人を見ています。自分の命と引換えなら、何人殺しても同じ……という理屈です。

こんな〝傲慢〟を許して死を与えるのが、国家の役目とは思えません。犯した罪の深さを知らしめ、人間の心を取り戻させるのが真の教育刑でしょう。死刑相当の被告人に、「絶対に仮釈放しない無期懲役」を適用するとか、因果応報を超える知恵がほしいと思います。

とはいえ、「木橋」の作者の死刑は確定します。今となっては、生ある限り書き続けることを期待するしかありません。しょせん文学は、それ以上でもそれ以下でもないのです。

文庫版『木橋』で、わたしは〝解説〟を書くのが役目だが、このうえ作品について語る必要はない。

読み通してもらえばわかることだが、主人公の「N」は作者自身で、典型的な自伝小説なのである。小説の手法として極めてオーソドックスで、平易な言葉で表現されている。作者としては、正直に自分の足跡をたどろうと努めたのだ。

わたしたちは、主人公の「N」が四人を殺害して、〝連続射殺魔〟と呼ばれたことを知っている。そのこと抜きに『木橋』が存在し得ないのは、まぎれもない事実である。

この作品が新日本文学賞に決まったとき、「話題作りに授賞した」と評する向きもあった。作品のレベルは低いが、作者の経歴に話題性があるから選考委員が選んだ、と言いたかったのだろう。

　選考委員の一人として、作品のレベルをどのようにして測るのか、わたしは知る由もなかった。そもそも文学の評価に、どのような物差しを当てるべきなのか、未だ知らない。また、知ろうという気持ちもない。ただ、読んで胸に響くかどうか、それがすべてだと思っている。

　最初に『木橋』を読んで、素朴な描写が印象的だった。応募原稿には、地図をふくめて挿絵は付いていない。それでも細かく、町の様子が書き込んである。こういう小説は、いまどき珍しいほうだろう。気短な読者なら、飛ばして読んでしまうかも知れない。しかし、作者は書かずにはいられなかったのである。読む者が関心を示そうが示すまいが、記憶を甦らせながら言葉を連ねている。

　いったん読み終えて、原稿用紙に奇妙な符号があるのに気付いた。ていねいに清書してあるが、それでも書き損じがある。すると上の空白部分に、印を付けるのだ。

「加三字」

「削五字」

　後で三文字書き加えたから「加三字」、五文字削ったから「削五字」である。それをいちいち断って、捺印までしている。

これは司法関係文書の特徴であり、「供述調書」から「判決書」まで共通する。一つ一つ訂正箇所を明らかにしておかないと、他の者が勝手に加筆なり削除すれば内容が変わるからだ。「憎悪していた訳ではない」と供述し、「訳ではない」を勝手に削除されたら、「憎悪していた」が殺意に結びつくことになる。

文学賞の応募原稿に、勝手に加筆したり削除する者がいるはずもない。それなのに『木橋』の作者は、いちいち断らずにはいられなかった。小説の原稿も取調室の調書も、必ずそうするものと思い込んでいたのだろうか。ユーモアさえ感じながら、作品世界に引きずり込まれたのを思い出す。

わたし自身、『木橋』の受賞がマスコミの話題になり、少し気にならないでもなかったが、その後も小説執筆の意欲は衰えず、着実に表現力を身につけるのが嬉しかった。数年前、思うところがあって新日本文学賞の選考委員を辞めたが、一人の小説家を世に送り出すことに係わったことを誇りに思っている。尤も、最近の日本文芸家協会への加入問題について、特に感想はない。

一年余り前に、青森県北津軽郡へ取材に行った。岩木山の麓に住むイタコの話を聞くのが目的だったが、『木橋』の舞台である町も歩いてみた。

板柳駅前の案内板に従い、大町の通りを行くとすぐ右が「板柳温泉」で、右折すると東雲町に入る。たまたま町では、鼓笛隊を繰り出して防犯を呼びかけるパレードが行進中だった。『木橋』の描写を思い出しながら、パレードの後を歩いて行くと、思いがけず「マーケット」に出会った。

《N少年の住む長屋は、この町の人々からは「マーケット」と呼ばれて嫌われる所であった。付近の少年たちと悪口合戦する時などには、必ず仕舞いに「マーケットぇ、この！」と負け惜しみ口をたたかれていた。「特殊飲食店」が多い所で、大人たちも酔った上でよく喧嘩をしていた。》

作者が集団就職で町を出たのは、一九六五年春である。四半世紀も前のことだから建物はないものと思い込んでいた。もはや「マーケット」ではなく廃屋に等しい佇いだが、それでも一軒だけ呑み屋の看板を出して、夜になると客が来るとの話だった。

パレードの鼓笛隊を見送りながら、わたしは「マーケット」の傍らに立ち尽くし、『木橋』の描写の的確さを改めて思った。十年ほど前に山口県萩市に行ったとき、中野重治の短篇『萩のもんかきや』を思い出して訪ね、横顔を描写された老婦人から話を聞いた。小説の舞台をことさら訪ねたのは、そのとき以来である。

ともあれ『木橋』の作者は、生きて再び町へ帰ることはない。しかし、この小説の読者が、『木橋』を忘れることはないだろう。作者冥利に尽きるとは、こういうことを指すのである。「書いておいてよかった」と作者が感じ、「読んでおいてよかった」と読者が受けとめる。類《たぐい》稀な作品として『木橋』が残ることを、わたしは信じて疑わない。

（一九九〇・四・二三）

本書は一九八四年七月、立風書房より刊行された『木橋』より、「木橋」（初出「新日本文学」１９８３年５月号、第十九回新日本文学賞受賞）、「土堤」（初出「新日本文学」１９８３年11・12月合併号）、「なぜか、アバシリ」（同書に書下ろし収録）を収録しました。

新装版
木《き》橋《はし》

一九九〇年 七 月 四 日　初版発行
二〇一〇年 九 月二〇日　新装版初版発行
二〇二五年 六 月三〇日　新装版6刷発行

著　者　永山則夫《ながやまのりお》

発行者　小野寺優
発行所　株式会社河出書房新社
〒一六二-八五四四
東京都新宿区東五軒町二-一三
電話〇三-三四〇四-八六一一（編集）
〇三-三四〇四-一二〇一（営業）
https://www.kawade.co.jp/

ロゴ・表紙デザイン　粟津潔
印刷・製本　大日本印刷株式会社

Printed in Japan　ISBN978-4-309-41045-6

青春デンデケデケデケ

芦原すなお　40352-6

1965年の夏休み、ラジオから流れるベンチャーズのギターがぼくを変えた。“やーっぱりロックでなけらいかん”——誰もが通過する青春の輝かしい季節を描いた痛快小説。文藝賞・直木賞受賞。映画化原作。

A感覚とV感覚

稲垣足穂　40568-1

永遠なる“少年”へのはかないノスタルジーと、はるかな天上へとかよう晴朗なA感覚——タルホ美学の原基をなす表題作のほか、みずみずしい初期短篇から後期の典雅な論考まで、全14篇を収録した代表作。

オアシス

生田紗代　40812-5

私が〈出会った〉青い自転車が盗まれた。呆然自失の中、私の自転車を探す日々が始まる。家事放棄の母と、その母にパラサイトされている姉、そして私。女三人、奇妙な家族の行方は？　文藝賞受賞作。

助手席にて、グルグル・ダンスを踊って

伊藤たかみ　40818-7

高三の夏、赤いコンバーチブルにのって青春をグルグル回りつづけたぼくと彼女のミオ。はじけるようなみずみずしさと懐かしく甘酸っぱい感傷が交差する、芥川賞作家の鮮烈なデビュー作。第32回文藝賞受賞。

ロスト・ストーリー

伊藤たかみ　40824-8

ある朝彼女は出て行った。自らの「失くした物語」をとり戻すために——。僕と兄アニーとアニーのかつての恋人ナオミの３人暮らしに変化が訪れた。過去と現実が交錯する、芥川賞作家による初長篇にして代表作。

狐狸庵交遊録

遠藤周作　40811-8

遠藤周作没後十年。類い希なる好奇心とユーモアで人々を笑いの渦に巻き込んだ狐狸庵先生。文壇関係のみならず、多彩な友人達とのエピソードを記した抱腹絶倒のエッセイ。阿川弘之氏との未発表往復書簡収録。

父が消えた

尾辻克彦　40745-6

父の遺骨を納める墓地を見に出かけた「私」の目に映るもの、頭をよぎることどもの間に、父の思い出が滑り込む……。芥川賞受賞作「父が消えた」など、初期作品5篇を収録した傑作短篇集。解説・夏石鈴子

東京ゲスト・ハウス

角田光代　40760-9

半年のアジア放浪から帰った僕は、あてもなく、旅で知り合った女性の一軒家を間借りする。そこはまるで旅の続きのゲスト・ハウスのような場所だった。旅の終りを探す、直木賞作家の青春小説。解説＝中上紀

ぼくとネモ号と彼女たち

角田光代　40780-7

中古で買った愛車「ネモ号」に乗って、当てもなく道を走るぼく。とりあえず、遠くへ行きたい。行き先は、乗せた女しだい――直木賞作家による青春ロード・ノベル。解説＝豊田道倫

ホームドラマ

新堂冬樹　40815-6

一見、幸せな家庭に潜む静かな狂気……。あの新堂冬樹が描き出す“最悪のホームドラマ”がついに文庫化。文庫版特別書き下ろし短篇「賢母」を収録！　解説＝永江朗

母の発達

笙野頼子　40577-3

娘の怨念によって殺されたお母さんは〈新種の母〉として、解体しながら、発達した。五十音の母として。空前絶後の着想で抱腹絶倒の世界をつくる、芥川賞作家の話題の超力作長篇小説。

きょうのできごと

柴崎友香　40711-1

この小さな惑星で、あなたはきょう、誰を想っていますか……。京都の夜に集まった男女が、ある一日に経験した、いくつかの小さな物語。行定勲監督による映画原作、ベストセラー!!

青空感傷ツアー

柴崎友香　40766-1

超美人でゴーマンな女ともだちと、彼女に言いなりな私。大阪→トルコ→四国→石垣島。抱腹絶倒、やがてせつない女二人の感傷旅行の行方は？映画「きょうのできごと」原作者の話題作。解説＝長嶋有

次の町まで、きみはどんな歌をうたうの？

柴崎友香　40786-9

幻の初期作品が待望の文庫化！　大阪発東京行。友人カップルのドライブに男二人がむりやり便乗。四人それぞれの思いを乗せた旅の行方は？ 切なく、歯痒い、心に残るロード・ラブ・ストーリー。解説＝綿矢りさ

ユルスナールの靴

須賀敦子　40552-0

デビュー後十年を待たずに惜しまれつつ逝った筆者の最後の著作。20世紀フランスを代表する文学者ユルスナールの軌跡に、自らを重ねて、文学と人生の光と影を鮮やかに綴る長編作品。

ラジオ　デイズ

鈴木清剛　40617-6

追い払うことも仲良くすることもできない男が、オレの六畳で暮らしている……。二人の男の短い共同生活を奇跡的なまでのみずみずしさで描き、たちまちベストセラーとなった第34回文藝賞受賞作！

サラダ記念日

俵万智　40249-9

〈「この味がいいね」と君が言ったから七月六日はサラダ記念日〉――日常の何げない一瞬を、新鮮な感覚と溢れる感性で綴った短歌集。生きることがうたうこと。従来の短歌のイメージを見事に一変させた傑作！

香具師の旅

田中小実昌　40716-6

東大に入りながら、駐留軍やストリップ小屋で仕事をしたり、テキヤになって北陸を旅するコミさん。その独特の語り口で世の中からはぐれてしまう人びとの生き方を描き出す傑作短篇集。直木賞受賞作収録。

著訳者名の後の数字はISBNコードです。頭に「978-4-309」を付け、お近くの書店にてご注文下さい。